我以为
这辈子完蛋了

〔美〕艾莉·布罗什/著　孙璐/译　by Allie Brosh

SPM 南方传媒 | 花城出版社

中国·广州

献给凯蒂。

我还有好多好多话想对你说。

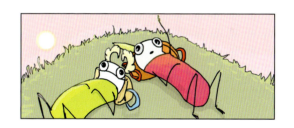

目录

咦，没有第四章？别着急，往下看。

序言：气球

我见过一只时速140公里的气球。

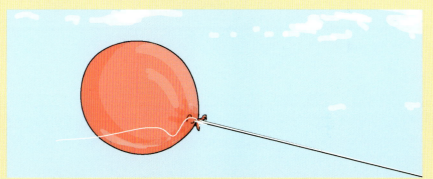

　　它被绑在一辆卡车上，这倒能解释它为什么飞那么快，不过，说不上来……我猜，你无论如何都料不到会遇见一只跑得这么快的气球。这毕竟不是人们制造气球的目的，也不太符合空气动力学。这个气球摇摇晃晃，像抽了风一样打着旋儿，发出"噗噜、噗噜、噗噜、噗噜、噗噜、噗噜、噗噜、噗噜、噗噜、噗噜、噗噜、噗噜、噗噜、噗噜、噗噜、噗噜、噗噜、噗噜"的声音，似乎完全失控了。
　　我快笑抽了，只好靠边停车。

我觉得自己就像那只气球。

1. 桶

记事以来，我第一次真正体会到无力感，是在三岁的时候。当时我卡在了车库的一个桶里，连人带桶横在地上。

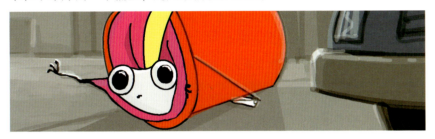

桶是我爸的，他用这个桶洗车。

我不记得这事儿是怎么开始的了，反正根据某种弯弯绕绕的小孩逻辑，我决定必须把整个身体都塞进桶里。

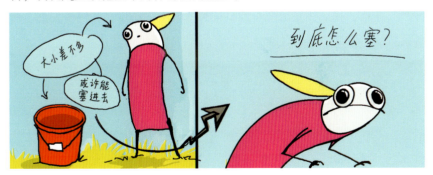

不过，桶可不这么想。

快了快了，还有一点没进去，
所以不算大功告成。

也许当时是想证明什么，或者出于某个我已经不记得的迫切原因，我就是要从头到脚都钻进那个桶里……总之我不想放弃。可是要把整个身体都塞进去太难了，几番尝试之后，我怒了。

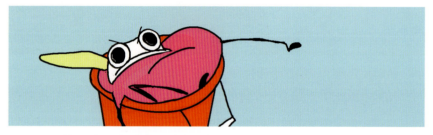

一开始，我只在我爸洗车的日子里这么干。后来，我慢慢发现了额外的机会，经常一个人偷偷溜进车库，试验不同的钻桶技术。

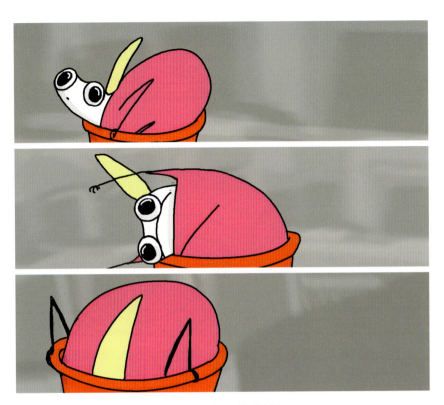

这就是我一个人被卡在车库的桶里的前情提要。

　　终于，我的两个肩膀都沉到了桶沿以下，在被卡住的感觉传输进大脑之前，我勉强体会到了一抹转瞬即逝的胜利荣光。

　　我做到了：我全身都在桶里面了！

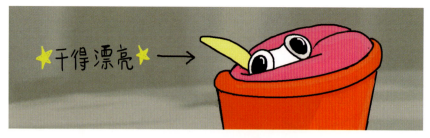

只不过，我现在唯一的愿望，就是别再待在桶里了。

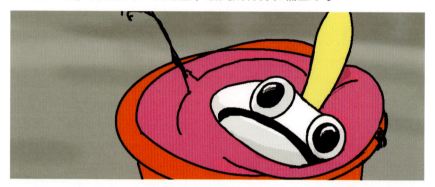

我拼了命地扭来扭去。事实证明，这样做并不能让我脱困，但确实可以弄翻水桶。

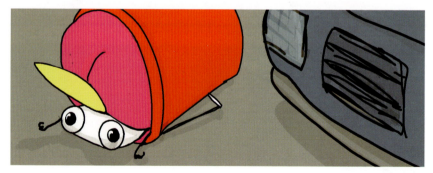

就这样，突然之间，我的身体随着水桶横了过来，胳膊和腿依然深深卡在这个洗车用的塑料桶里。我才三岁啊，就已经注定要像一只寄居蟹那样，一辈子头朝下横着走路。太惨了。

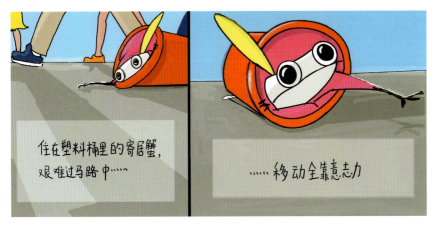

住在塑料桶里的寄居蟹，艰难过马路中……

……移动全靠意志力

这可不是我想要的。我甚至连做梦都想不到会这样。这就是做决定的可怕之处：当你选择一样东西的时候，你根本不知道这意味着什么。

你好，欢迎参加做决定游戏，我是波格佐尔……

告诉我，你想要什么……

你想把自己完全塞进桶里？

你确定？

幸好这只是暂时的。我爸妈碰巧路过车库，听到了尖叫声。我得救了。

他们把水桶挪到一个很高的架子上，免得我又去打它的主意。

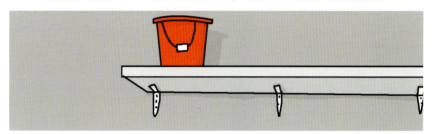

可这远远不够。

　　这样做只会让我对那个桶更加念念不忘，想要完全掌控它。不过就是一个桶，怎么可能阻挡一个人类呢？为了证明这一点，我愿意付出一切代价。

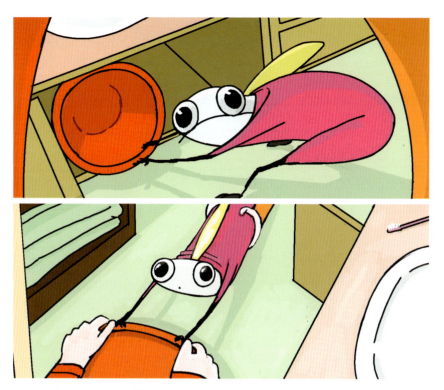

　　比起连续十九次被困在同一个桶里，更糟糕的只有一件事，那就是投降。

说明

第一章结束了，接下来是第二章。它和第一章几乎没什么关系，但怎么说呢，这也不是什么逻辑完美的杰作，每个转场都非得有意义。

为了和广大读者建立信任，紧随本书第二章之后的绝对会是第三章。但是接下来，我们将直接跳到第五章。也就是说，没有第四章。为什么？因为有些时候，事物的发展并不遵循常理。这是现实世界难以回避的基本属性，我们都得学着接受它。宇宙中并不存在什么超级力量，让每个人都能事事顺心。

总之，章节排序这件事会在第五章之后恢复正常。这完全应该归功于我的慷慨大度，至少我并没有放出全部大招。相信我，我本来可以的——比如给每个章节加上我想要的任意编号，或者用蛇的图片发明一套完全无法辨认的数字序号。可恶！我本来可以把每一章都叫作"第二章"，然后打死都不承认这是我干的。

但我们都是文明、友善的人，有时候还是稍微克制一下自己比较好。

2. 马粪之谜

1997 年 10 月

冬日里的第一场雪覆盖了秋天的痕迹。

而在我们家里，一连三天早晨都出现了便便，满屋子都是。

全都是马粪。

谁也不知道为什么会出现便便，但它们毕竟有个共同点。

马自然就成了头号嫌疑人。

1号嫌疑人：一匹马

都是马的便便

＊ 是马 ＊

作案动机： 是马

2号嫌疑人：另一匹马

是马／有时候会做
这样的鬼脸：

作案动机：

是马／天知道这个

表情 啥意思

　　对于这桩疑案，我们的第一条推论是，过去的三个晚上，这匹体格更小、脾气更怪的马闯进了屋里，到处乱跑，企图寻找出口，并且在这个过程中一直在拉屎。

但是，马的体重大约有九百斤，马蹄又像石头一样硬，不可能四处乱逛却不弄出点动静来，因此，马的嫌疑暂时排除。我们扩大了调查范围，把其他宠物和家庭成员也都包括进来。

3号嫌疑人：查理

查理已经十九岁了，行动缓慢，不可能在一夜之间把马粪丢到这么多地方。但查理毕竟还活着，所以仍然有犯罪嫌疑。

作案动机：可能跟恶魔签订了契约？

4号嫌疑人：墨菲

家庭犯罪老手，前科累累，但大多与食物相关，因为它正在人类的胁迫下进行节食。

作案动机：复仇

5号嫌疑人：麦迪

- 看上去总是一副做贼心虚的样子
- 平时基本生活在桌子底下
  有带各种东西进屋的前科
  ——石头、松果、死老鼠、草、蚱蜢、
  小树枝等。

作案动机：天知道。没人理解麦迪。

6号嫌疑人：年长儿童

曾被多次指控：
- 在地板上乱画 ·在墙上乱画
- 收集伤口的痂，装进罐子里
- 经常吃牙膏

作案动机：该年长儿童不需要任何动机，可以无缘无故地
做出匪夷所思的怪事。

7号嫌疑人：年幼儿童

无前科。

行为举止过于良好，令人生疑。

作案动机：整天和马待在一起＝可能是
马语者/和马神交已久，也许会在马
的精神操控下实施犯罪。

8号嫌疑人：妈妈和爸爸

前科：

· 假扮过复活节兔子

· 圣诞老人

· "骷髅人"

· 牙仙子

* 盗窃他人牙齿64次，并将赃物藏匿于
钢琴顶部的盒子里。

作案动机：显示其支配地位？

9号嫌疑人：奶奶玛尔格

奶奶经常与家人不对付，
只是为了好玩。

作案动机：纯属娱乐

跟往常一样，麦迪还是那副做贼心虚的样子。

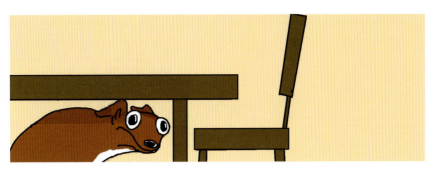

墨菲和查理仍旧让人捉摸不透。

其他人也没有坦白罪行的意思。

几天以后，案件发生了神秘的转折。一坨巨型马粪出现在孩子们的卧室里，从它的形状判断，像是刚刚从马屁股里面拉出来的。这说明，要么有马跑进来现场制造了这一大坨屎，要么就是有人故意把他们从别处弄来的马粪摆成了这个造型。

毫无疑问，这加重了两匹马和两个孩子的犯罪嫌疑。

遭到进一步审讯的孩子们开始哭泣号叫。

她们说自己"永远不会那样做"。

她们恳求每个人"相信"她们。

想到孩子们可能深夜外出收集马粪，然后把它们雕塑成一坨巨型马粪蛋，堂而皇之地摆在自己卧室的地板上，每个人都忧心忡忡。孩子忧虑的原因是他们讨厌被人指控收集和玩弄动物便便，大人则担心从小就能干出这种事的孩子未来或许会成为罪犯。

尽管并未找到尸体，但在调查过程中，专家发现了几处……

该怎么说比较好呢……

好吧，最委婉的说法是："在那个棚子里，我们发现了十六个真人大小的便便娃娃。"

　　那是一段极其黑暗的岁月，我们都是嫌疑人，被怀疑困扰，被未知的可能折磨着。

她 很可能一直
偷偷往我们的食物里
放东西，好多年了。

马粪蛋接二连三地出现。

然后，有一天早上，我们被一阵不祥的"砰砰"声吵醒了。

我感觉大家都有些害怕，但随后我们意识到，这或许正是我们等待已久的、现场抓住罪犯的机会！

所有人都聚集在客厅，以轻蔑的眼神互相致意，潜台词是"早就说了不是我干的"，然后才开始调查噪声的来源。

我们慢慢靠近，发现后门随着断断续续的"砰砰"声嘎嘎作响。有什么东西正打算从狗门钻进来……

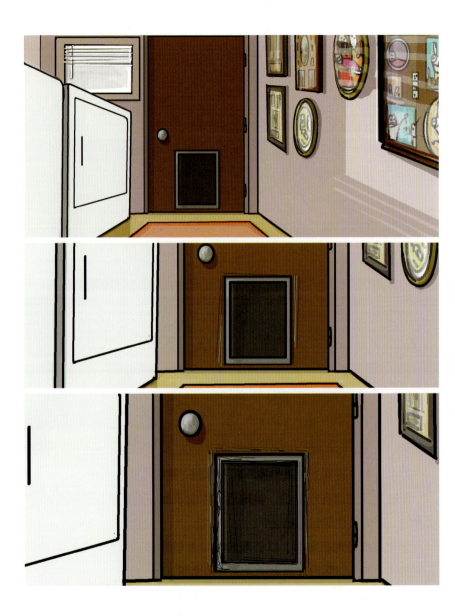

片刻过后，我们就会知晓几周以来苦苦追问的真相——"谁对我们做了这样的事？是邻居吗？哪个邻居？我们认识的人里面，有谁恨我们恨到这种地步？"——在朝后门走去的路上，我们在脑海里不断修正着自己的判断，既害怕又迫切地想知道谁猜对了。

真相很快浮出水面：门外闪现出一张糊满了冻马粪的脸。

事实不言自明。

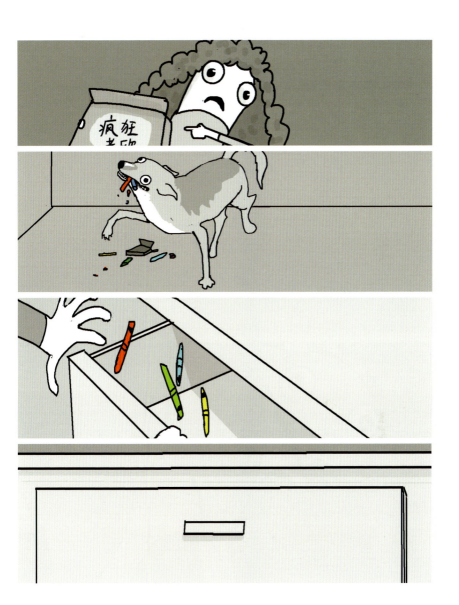

35

37

墨菲被判处夜间禁足，外加一次严肃约谈。

3. 袋鼠猪喝醉了

很久以前，我看见四个人牵着一条狗横穿拉斯维加斯大道。

那条狗身穿戏服，四处张望，仿佛在说："这是怎么了？你们没事吧？今天怎么这么热闹！"

没有人回应它，因为大家都在看他们的朋友转一个闪闪发光的东西，随着自身的旋转，这个东西拼出了一行字：生日——生日——生日，派对——派对——派对。

这几个家伙并不像狗那样困惑，因为他们知道这是怎么回事：今天有人过生日！这很正常。为什么不能在生日的时候热热闹闹地庆祝一下呢？

可是狗狗并不知道生日是怎么回事。它们无法把生日和派对联系起来，也理解不了戏服的用处。为什么要给狗穿这玩意儿？

想象一下，假如你是头一回听说这种事，该多困惑啊……

　　动物不知道这意味着什么，也不知道这不意味着什么。它们只知道，这可能是生活方式发生永久性巨变的第一个预警信号。

　　它们真正能选择的，唯有相信我们。

我是说，还能有什么别的选项呢？

对于家养动物而言，这种体验还是挺常见的。我这辈子都在跟各种各样的宠物打交道，做各种对我来说很普通，但在动物看来很可能不正常的事情。

　　我曾经凭一己之力震撼过一条狗，委婉地说，那家伙算得上"头脑简单"。当然，大多数的狗头脑都比较简单，但这条狗可不是一般的"简单"。

收养了这条傻狗之后不久，一天晚上，我喝醉了，在看《动物星球》的时候睡了过去。傻狗趴在角落里的狗床上，眼睁睁看着我突然静止不动了，拼尽全力才克制住内心的恐惧。

《动物星球》的下一段是关于鲸鱼的。因为喝醉的时候聋得厉害，所以我把电视音量调得很高。还有一个冷知识：当你喝醉了睡着的时候，鲸鱼声呐绝对会给你带来巨大的惊吓。

这一下把我吓得直接从沙发上弹起来，打翻了水杯，继而引发了二次惊吓——因为不记得手里还拿着一杯水！我还以为自己被什么东西给袭击了，为了震慑来者，我大喝一声："住手！"

意识到这只不过是鲸鱼的叫声时，我非常尴尬。

这对我来说是诡异的十秒钟。对任何人来说都非常诡异。

现在，请想象一下，假设你手无寸铁，完全没有照顾自己的能力。

但是没关系，有一只比你体型更大的粉红色生物和你一起生活。它看上去像一头奇怪的猪，也有可能是袋鼠。

出于某些原因，袋鼠猪会喂你吃东西，把你带到外面让你拉屎。你不知道它为什么这样做，但你相信它自有道理。

没错.

然后有一天，袋鼠猪回到家，浑身散发着一股化学药剂似的怪味，腿脚也不怎么利索。你心想，它是不是走不动了……万一它不能继续照顾我们该怎么办？要是我们再也不能出去拉屎了，可怎么办呀？

袋鼠猪打开它那个藏着图画和声音的盒子，坐了下来。

也许不要紧，你又想，一切都会好起来的，也许它只是需要吸收一些图画和声音。你开始放松下来，未来好像又变得光明起来。

突然，你听到一阵莫名其妙的噪声：

哞哞哞哞哞哞哞哞哞哞哞哞哞哞哞哞哞哞哞哞哞哞哞哞哞欧欧欧！！！

袋鼠猪嗖地一下跳了起来，摆出防御的姿态。

它似乎不太高兴。

你会怎么做？你打算如何回应？

我不知道世界上其他动物会怎么反应，但如果你是这条狗，你首先会在恐慌的驱使下，做出下意识的反应：百米冲刺。

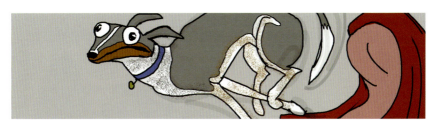

你就这样乱窜了一会儿。

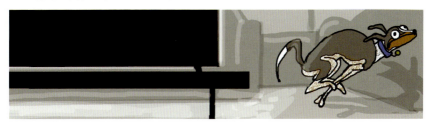

尽管你跑得飞快，但还是发现了盒子里的鲸鱼，并且意识到是它们搞的鬼。

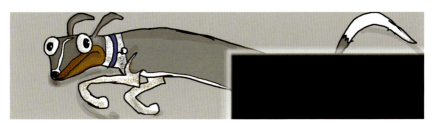

你冲上去咬鲸鱼，但盒子表面的那层硬壳在保护它们。

一连串事件令你大受挫折，于是你转而以最快的速度冲进餐厅。那里没有什么可以安慰到你，只有椅子。你鲁莽的横冲直撞不可避免地放倒了其中一把椅子。

出于某种神秘的受力角度，你的腿和脑袋跟这把椅子纠缠在了一起。

　　作为一条狗，一条头脑复杂程度低于平均水平的狗，你不明白这只是你撞上椅子之后可能会出现的后果。椅子——它没有神经系统——是无法主动攻击你的。

　　在你看来，椅子肯定是故意的。

　　就这样，你对椅子产生了永久的恐惧，而椅子竟然不会因此受到任何惩罚或限制。

　　你没法质疑这个结果，也不能去问袋鼠猪，为什么它看到了椅子的所作所为，还会允许如此暴力的家伙住在房子里。你只能无助地旁观，期盼椅子的暴力行径不会变本加厉。

宠物的生活就是这么难，不断遭受着看护人一手造成的、来自各个角度的、看似疯狂的攻击。

　　幸运的是，动物的心理素质强悍，精神抗压能力跟拖拉机不相上下。我们几乎可以对它们为所欲为，无论你有什么企图，它们都会做出积极的回应：好吧，试试就试试，感谢您搭理了我。

　　但我们并没有止步于此。我们不满足于只是让它们坐在那里，被动地接受一团混乱的生活真相。不——我们还希望它们参与其中。

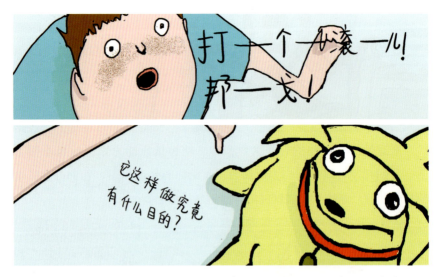

直到看了一段兔子参加"敏捷比赛"的视频，我才意识到这个现象的普遍性。

我不确定兔子知不知道自己在比赛，反正在场的人类都知道，他们为兔子加油，玩得很开心。

那只兔子看起来还挺自得其乐，这是我没有料到的。按理说这种比赛势必会引发它的困惑。

下一段视频也是差不多的内容，只不过主角从兔子换成了蜥蜴。再后来是一只仓鼠。

一连看了几个小时，我断定没有任何一种动物躲得过敏捷比赛的折磨。

噢，你是一只鸟？没关系。迈开你的小细腿，参加"跨越树枝障碍赛"吧！

猫、狗、马、猪、蜥蜴、鱼——只要它能动，就可以参加比赛。

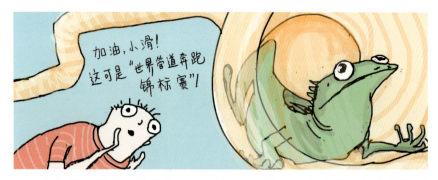

动物们知道"啃脸"和"互相追逐"代表什么意思。它们能想明白。不就是追来追去、啃来啃去嘛,简单得很。

但是你让它们又是钻又是跳地越过一连串管子——明明那些乱七八糟的管子周围有更好走的路——还要做得比别的动物更快、更好或者更漂亮,而且这样的努力并没有任何实际用处……我不禁怀疑,动物们能不能理解其中的逻辑。

可以的话，我们肯定会跟它们解释一下——尽可能解释清楚。

但如果说动物们不会有疑问，我是不信的。

谁知道呢，马。
跑快点儿就行，
别想了。

它们就这样度过了一生。满腹疑问，不明就里，不得怜悯。

5. 白日梦

　　我有一个白日梦。在梦里，我穿得像个征服者，骑着一匹马。不知道为什么会有这样的画面，但我可以清晰地感觉到自己紧实的肌肉和突出的线条。

　　我骑着马来到一位面目模糊的大人物跟前——他头戴王冠，显然位高权重。因为背景音乐太吵，我听不清他在说什么，但他神情严肃，可能是要交付给我一项任务。

当音乐播放到高潮时，我露出如下这副表情：

愿意
效劳。

我和大人物交换了一个心照不宣的眼神。

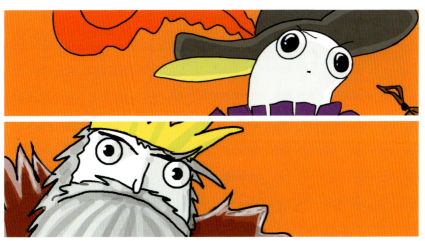

看得出来，我是这个大人物——甚至全世界——唯一的希望。

于是我疾驰而去，执行任务。

结束了。这个梦很简单。

不需要知道细节，不需要什么逻辑。我只是喜欢做梦时的那种感觉。

还有一个场景，它是我最喜欢的白日梦之一：我在开车……

漫不经心……

我还倒扣了一顶帽子，这让梦境显得很真实。

我的朋友也在车上。这一次是格雷格。

我们玩得很高兴。

　　假如想让故事更有吸引力，还得在表现"我们什么都不在乎"这一点上下更多功夫，但除此之外，这个场景本身就让我足够享受了。

　　这种白日做梦的体验，就好比观看一部我自己主演的电影，剧情由我随意想象，不用关心叙事方式、剧情可信度或连贯性，因为我知道，作为观众的我不会提出任何质疑。

好吧…… 你 进入……
…… 国际 …… …… 数学……
…… 象棋 …… …… 大赛的决赛

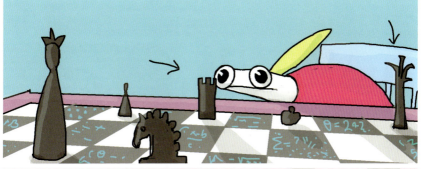

你下起棋来
如有神助

你 显然 十分 擅长
这项 古老 而
深奥的 智力运动

让 我们 直接 快进 到 决胜局。
请看：

我 也 不太 确定 接下来 的 剧情 走向，但请 放轻松，
享受 一系列 没有 什么 关联 的 胜利 画面。

完。

大多数时候，我在白日梦里只是漫无目的地闲逛，只要角色够酷，都可以掺和两下。

不过，假如我需要，这些故事也可以变得更加具体。

还有什么别的设定？

光芒四射的脸蛋和身体

主演：
身体 和 脸蛋

瑞恩不
喜欢我。

编个故事：瑞恩向我道歉，
但我拒绝接受。

你确定不想当个好人吗？
这可是你自己的想象……可以实现一切所想……

我想复仇。

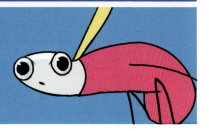

也许在下一段故事里，我可以成为他的导师。

我还没想好。

《瑞恩说他很抱歉》

主演：瑞恩

非常抱歉！
我要向你多多学习！

还记得卡罗尔说
我得找个工作吗？

当然。

随着时间的推移，为了感受同等程度的刺激，我不得不把故事编得越来越极端。

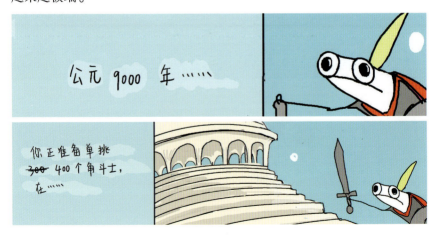

这个家伙前面

瞧见了吧，他是个很严肃的人……

国家的命运就靠你了……

还有没有……更刺激的剧情？

更 刺激？

是啊。

·······

几年前 你 差点 死于 一场 英雄式的 悲剧，所以 你 没有 腿，但并不 影响 你的 帅气……

大大小小的反派都说："你再也不能走路了！"

"你永远也逃不出角斗士 的死战循环！"

灯光熄灭，低音响起……

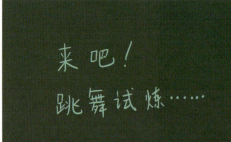

来吧！

跳舞试炼……

你是众人眼中最优秀的舞者……

（这一段我试图想象自己跳出了有史以来最棒的舞，但其实我根本不知道怎么跳，所以就糊弄过去吧。）

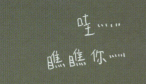

哇……
瞧瞧你……

因为你的出色表现，
人类得救了。

他们自由了。

啊哦…… 戏剧性 在 最后一刻 出现了……

你的仇敌认为，
自由是违反规则的。
他们用铁链把你锁在墙上，
阻止你摘取胜利的果实……

他们不理解的是，
规则束缚不了你……

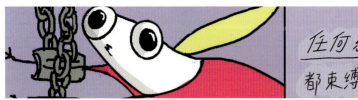

任何东西
都束缚不了你。

他们就是搞不懂这个事实！
有什么办法能让我说出这句台词吗？

当然。

噢，顺便说一下：拍这段的时候，
你需要背对镜头。

好了，转身。

你 盯着 仇敌们，带着 叛逆的 自信说：
"规则 束缚 不了 我。任何 东西 都
束缚 不了 我。"

他们 仍旧 觉得 规则 和 锁链
足以 捆住 你的 手脚。

但是，
等等……你
准备 说点儿
什么……

仇敌们 不知道
你要 说什么……

没人 知道。

不过 别急——等一小会儿……
先把 悬念 建立 起来……

83

仇敌们 对 即将 发生 的事 一无所知，他们 最后 一次
跳 出来，重复 那些 关于 规则 的 屁话：

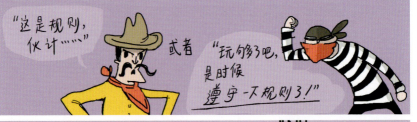

"这是规则，
伙计……" 或者

"玩够了吧，
是时候
遵守一下规则了！"

他们 以为 这样 就能 阻止你。
是 这样 吗？ —— 我们 来瞧瞧……

等等，你 还得 再转过身去，背对 镜头……

吧啦吧啦

叭里咕噜

好了……准备……马上 就开始了！

你 转回 身来。

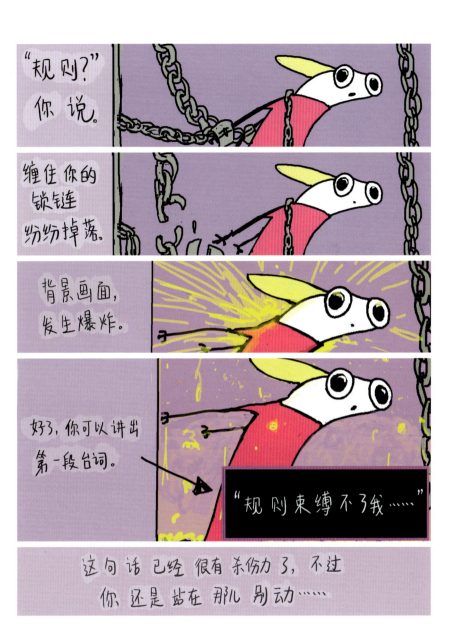

众人 开始 猜测："难道 这家伙 还能 抛出 更重磅 的 炸弹？超出 所有人 的 预料？"

好 —— 开始。来吧。

"任何 东西……"

让他们瞧瞧……

"都束缚不了我。"

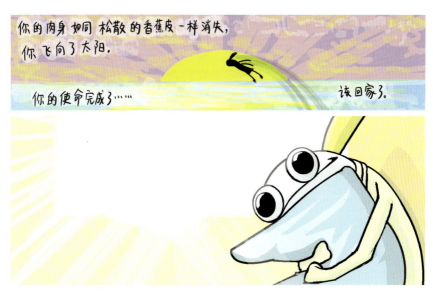

　　我最深重的恐惧之一，就是这些私密的白日梦情节遭到泄露。虽然想象不出会以什么方式泄露——也许会有人在我意识上传时把它们转换成视频发布出来——总之我很害怕自己的白日梦被别人知道，暴露在众目睽睽之下。

　　不了解背景的人会以为我是个神经病。

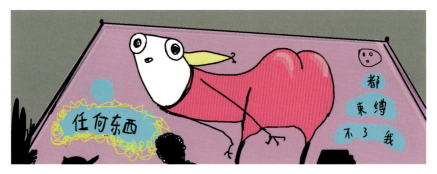

我认识的人也会看到这些片段——甚至会在不经意间出镜。这可不是那种你会因为参与其中感到光彩的事儿。

在我的白日梦里，就算处理得当，这些被迫充当配角的熟人也难逃人格受到隐晦侮辱的厄运。假如处理得不好，他们甚至会在镜头里变成满足我精神自负的玩偶，反复说出他们在现实生活中打死也不会认同的台词。

跟我在白日梦里"合作"的一部分演职人员会觉得受到了严重的冒犯，还有人会觉得遭到轻视，但绝对没有人会说："没错，你编排得很好，我很喜欢你在剧里面对我的刻画。"

　　从这些情节中，不难看出我在恐惧些什么，以及要让我相信自己很伟大是件多么容易的事。

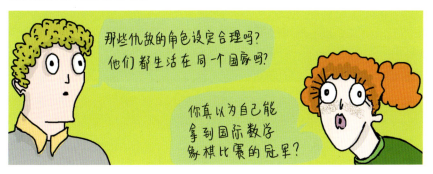

　　可我停不下来。既然已经把自己想象得无所不能，怎么可能自动走下神坛，这岂不是毁灭性的打击？我是一只充满悲剧色彩的贪婪野兽，有着太多的梦想，无法满足于现实。我想体验所有称得上"酷"的事情。我想骑着龙去战斗。我想变得重要。我想知道，如果包括瑞恩在内的每一个人都相信我，会是什么样的感觉。我想成为高难度斗舞比赛和数学竞赛的冠军，为人类赢得奇迹般的胜利。我想像角斗士一样勇敢。我想像神明一样强大。

我不知道在真实的世界里，要怎样才能做到这一切。

即便有可能，大概也很难。

假如真是这样，就没有人会觉得我的表现有多震撼了。

所以我得坚持下去。

6. 香蕉

愤怒绝不是一种优雅的情绪。发火的时候，我从来不会觉得，那样做真是太酷了！

恰恰相反，每次我都感觉很别扭。

通常，预感到会别扭这件事就足以抑制我的怒意。但有时候怒气冲上了天灵盖，而你刚好又很累，就会想：嘿……也许发个火不是什么坏事……也许我就是想要这种感觉……

然后你就会看到自己最糟糕的一面。

我是在跟前夫邓肯吵架的时候见识到自己最糟糕的一面的。顺便提一句，邓肯是世界上最好的人之一。

我俩平时都是善良的好人。但那一次可不是什么普通的吵架，那是一种只会在非常亲近的人之间发生的争吵——你们是如此熟悉彼此的存在，以至于忘了对方并不是你，所以无所顾忌。

我不确定矛盾是从哪里开始的，这种事从来都没有一个明确的起点。九年来，细小的裂痕从四十七个不同的地方蜿蜒而至，汇聚到同一个焦点，最后在俄勒冈州本德市纽波特大道市场的农产品区爆发。

事情发生的前一天，我们终于下定决心要去尝试越野滑雪。这是一项所有参与者都会感到尊严扫地的荒谬活动。邓肯还没体验过这项运动，没机会领悟这个道理。而我什么都知道，自认为能教会他。

我们早上七点起床，这是一天中最糟糕的时间点。室外温度是七度，同样也是最糟糕的温度。可惜，我俩都没把这两个不利条件当回事儿，错失了拒绝出门的完美理由。我们没找到看起来比较正常的连指手套，咖啡也不够了，紧接着车钥匙又找不到了。这些同样可以成为留在家里的正当理由，但我们还是忽略了——因为我们忙于争论这一次是谁搞丢了钥匙，结果发现是我，进而我也成了手套消失案和咖啡短缺案的重大嫌疑人。在这样的乱局下，没有人记得带饭。

九点半，我们抵达滑雪场。邓肯很快便发现了，越野滑雪是一种多么愚蠢的运动。

每隔四秒，邓肯就摔一次。我一直在旁边给他讲解不摔跤的技巧，但是完全不起作用——要么是我教得不对，要么是他学得不对，反正肯定是某个人的错。

—向下推杆！

我们的平均滑雪速度是每小时300米。也就滑了几百万年吧，总算挪动了将近一公里。我们决定及时止损，好在天黑之前赶上吃午饭。直到这时，我们才想起来没有人带饭，于是在心里暗暗咒骂那个我们认为应该对此负责的人。

　　那天旅馆的菜单上只有辣椒，所以我们决定放弃午饭，直接开车回家。可是，要做到这一点，必须先上车。这是一个极其冒险的行为，因为我们为这辆车吵过不少架，分歧的焦点是，到底应该像对待一棵蔫了吧唧的生菜那样小心呵护它，还是像纳斯卡赛车的车手那样玩命驾驶它？

　　通常情况下，我会克制自己不去触碰这个焦点，但这可是在雪地里开车。我从小在爱达荷州北部长大，可以说是货真价实的雪地专家——这个头衔我这辈子都当之无愧。而邓肯在西雅图长大，不至于没见过雪，多少也是个专家，不怕死的那种。

　　开出停车场三百米之后，邓肯停下了车。他说，既然我懂得那么多，也许应该让我开车。

　　这非常不符合邓肯的性格。他如此咄咄逼人这件事本身，就应该是个警示，像烟雾报警器一样试图告诉我："抱歉打扰了，但我必须提醒您，情况有些异常……也许我们应该小心行事，趁还来得及……"

　　然而我太过自以为是，根本没有注意到这个异常。

　　我们交换了位置。

现在换他来批判我的驾驶风格。

纯粹为了气他，我把车速降到了每小时十公里。

后面的车开始狂摁喇叭。邓肯说，我应该靠边停车，让别的车先过去。我继续把车速降到了每小时五公里，倒要看看会怎么样。结果，我一心想着要气他，没有注意到我们错过了一个路口。但是邓肯注意到了。于是他摇身一变，成了安全驾驶代言人，数落我不该开车时分心。我干脆把车停下来。既然他这么有才，也许开车的应该是他。我们又交换了位置。

出于某种原因，我们都觉得这是一个去超市购物的好时机，但在哪条路更快这件事上没能达成一致。不过既然他在开车，就还是按他的路线来。其实在那个时间段，无论走哪条路都快不起来。但既然邓肯这条路并不快，多少也能证明他选错了路。

当车驶进停车场的那一刻，关于停车策略的争论又被激活了。开车的还是邓肯，而我只能坐在那里，眼睁睁看着他把所有的时间都浪费在寻找梦中车位上——原本我们可以直接停在距离入口一排之隔的车位上。这让人倍感愤怒，因为与他的驾驶速度相比，这样的举动显得格外虚伪。

走进俄勒冈州本德市纽波特大道市场的入口时，我俩都已经气得七窍生烟。我们陷入了一个死循环，在这个循环中，对方的一举一动——无论多么纯良无害——看起来都像是在挑衅。哪怕只是无意识地站在那里，在对方看来也像是明晃晃的示威。

我说："麻烦你去挑几根香蕉。"但说出"麻烦你"三个字的时候有些阴阳怪气，潜台词是："你压根儿配不上这三个字，还不赶紧滚过去挑香蕉！"

"我们为什么要买香蕉？"他问，"最后还不是得扔了。"

确实。事实证明，你永远吃不完所有的香蕉。但我心里有太多怒气了，必须找个地方存放一下，哪里都无所谓。我只想把它们赶出去。

我嘟囔着说："我看你就是不会挑香蕉。"

邓肯咬牙切齿地怼了一句："那你自己挑。"

说得有道理。当你处于火力全开的怒气喷射模式时，没有什么比一句有道理的话更火上浇油的了。

你气疯了，大脑开始宕机，几乎无法形成任何思想，却能在这时候组织出一句话来！它幼稚，充满不必要的煽动性，荒谬至极。你还不如朝对方扔一把沙子，因为这与说出这句话产生的效果是一样的。

你从来没有说过这么过分的话。你知道不应该说出来。这很愚蠢，并且很快会让你后悔。可是为时已晚，句子已经形成，准备就绪，随时可以发射。你还是把它说了出来。

字开始一个一个地从你嘴里蹦出来。

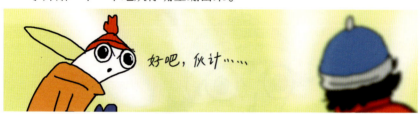

好吧，伙计……

哪怕就在说出这句话的时候，你也在拼了命地劝自己改口：说点别的！什么都行！哪怕发出点毫无意义的噪声呢！

你猜怎么着？

然而我已经上头了，刹不住了。

"好吧，伙计——你猜怎么着：以后再也轮不到你来挑什么香蕉了。"

　　一股致死剂量的强烈怒意唤醒了我脑子里最蛮荒的部分，它就像眼镜蛇一样扬起脑袋，把仇恨的毒液喷到邓肯的脸上，然后想出了这么一句话。

　　让我们暂停片刻，仔细看看这段精彩表演的慢镜头回放：

　　一开始听起来像是我同意了！争执很可能要结束了！

这是情势急转直下的第一个迹象。你大概已经注意到了，伙计，我没有叫你的名字。我本来可以叫的，但是没有。我可是个认真的人，而你已经没有名字了。

我不确定自己想在这里做什么。等等，在我们弄清楚接下来我要说什么之前，先给你个机会猜一猜……来吧——怎么想的就怎么猜，伙计。你觉得接下来我会说什么？我最不喜欢的六个数字？关于月球的小知识？关于鬼魂的诗？

或许我是觉得这对邓肯来说会是一个巨大的惊喜，也是我本人对体育精神的一次践行。你得花点时间为接下来我要说的话做好准备，伙计。我要发疯了。

终于……毁灭性的打击。

我想我是在试图展示自己的全部力量。

这是赤裸裸的威胁，好像我有权决定他是不是有资格挑香蕉似的。谢天谢地，我终于用上了这一招。

这句话就这么停留在脑海里，一时难以被消化。

时间在沉默中过去了十秒。

　　经过这一连串惊心动魄的转折，邓肯感受到了强烈的冒犯。我怎么敢对他说这种话？我以为我是谁？香蕉帝国的皇帝吗？

　　他只好站在那里，表情如下：

看得出来，他现在恨不得立刻买下一百根香蕉，不，一千根。花掉毕生积蓄也在所不惜，只要能证明我是一个多么可怕的浑蛋。

纵然买下世上所有的香蕉，也不足以表达他的愤怒。

他得把葡萄也买了。

但他不能这么做，就像我无法阻止他挑选香蕉一样。谁也没有办法当真阻止对方买香蕉这件事。

　　这很可笑。不管你有多生气，都无法阻止别人买香蕉——不可能真正做到，要是他们非去买，你也没辙。我觉得我们同时意识到了自己的荒谬，不仅仅是因为这件事——在那一刻，我们意识到自己是如此愚蠢、较真、疯狂又渺小的动物，会在拼命阻止对方买香蕉这种事上白费力气。

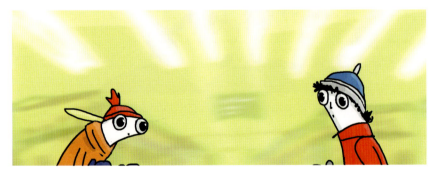

　　我们再也没有为香蕉争论过。毕竟，谁也不想在怒火中烧的时候，和自身的荒谬性撞个满怀。

7. 失去

俗话说，凡事必有因。

理论上是这样。

但有些原因实在过于随机，看起来很不合理。

一天晚上，司罗巴在森林里轻柔地散步……

一颗松果掉在他身上。

他用温柔的大手捡起松果,心想:

"松果想对我说什么?
打算羞辱我吗??

松果为什么
这样做 ???"

> 松果之所以这么做，
> 是因为它有时就会这么做。

说了等于没说。既没说明怎样防止松果重蹈覆辙，也没解释松果还会做些什么——只是提出了一堆新问题，并且这些问题也得不到令人满意的解释。

为什么松果
比较强大？

松果比行星
还要强大吗？

……可是，真的存在
比行星还强大的东西吗？

好问题，司罗巴。
只可惜，这种事情谁懂啊？

假如继续深入思考，你会发现，所有疑问全都指向一个终极答案：一切当然都是没有道理的——你凭什么指望每一件事都要讲道理呢？

想通这个问题需要漫长的过程。对我来说，一切都要从一只鸟说起。

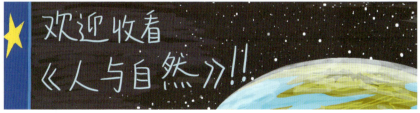

看到这里，我已经放下防备，结果它就突然出现了。

不是什么蹦跶的
花螃蟹……

也不是一串蓝珠子,粘在
一团拼命振动的黑色
物体上……

更不是屏幕外的
什么人用线绳
操控的
傀儡盘子……

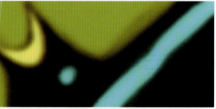

这是一只如假包换、有血
有肉的动物,以世间万物
同样的方式存在着。

你或许会想办法安慰自己,心想:"哎呀呀,
这也太奇怪了,但是宇宙之大无奇不有,
比如一只普普通通的盘子,一不小心
发生了变异……"

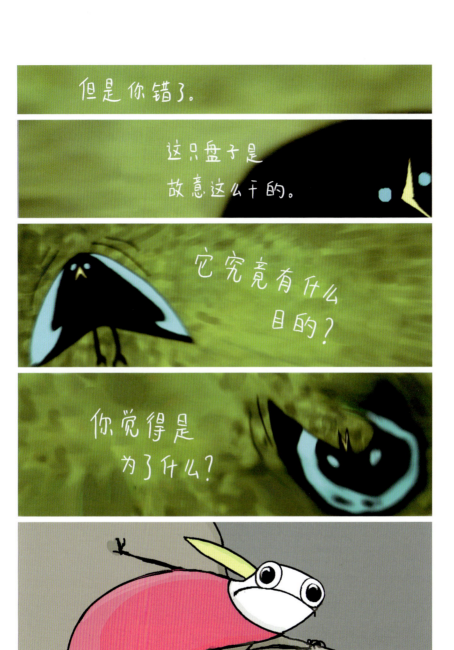

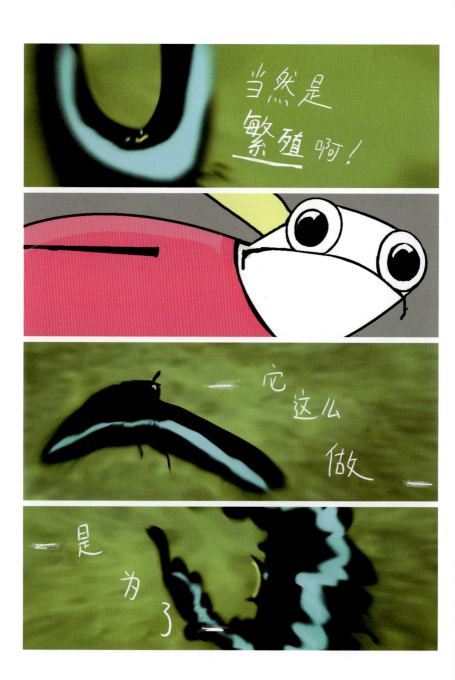

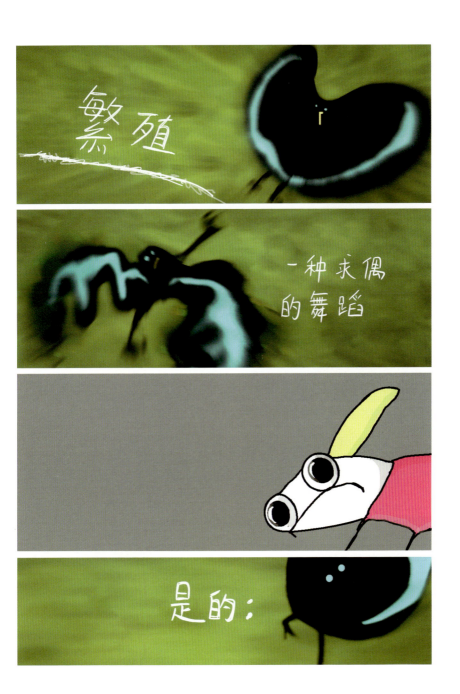

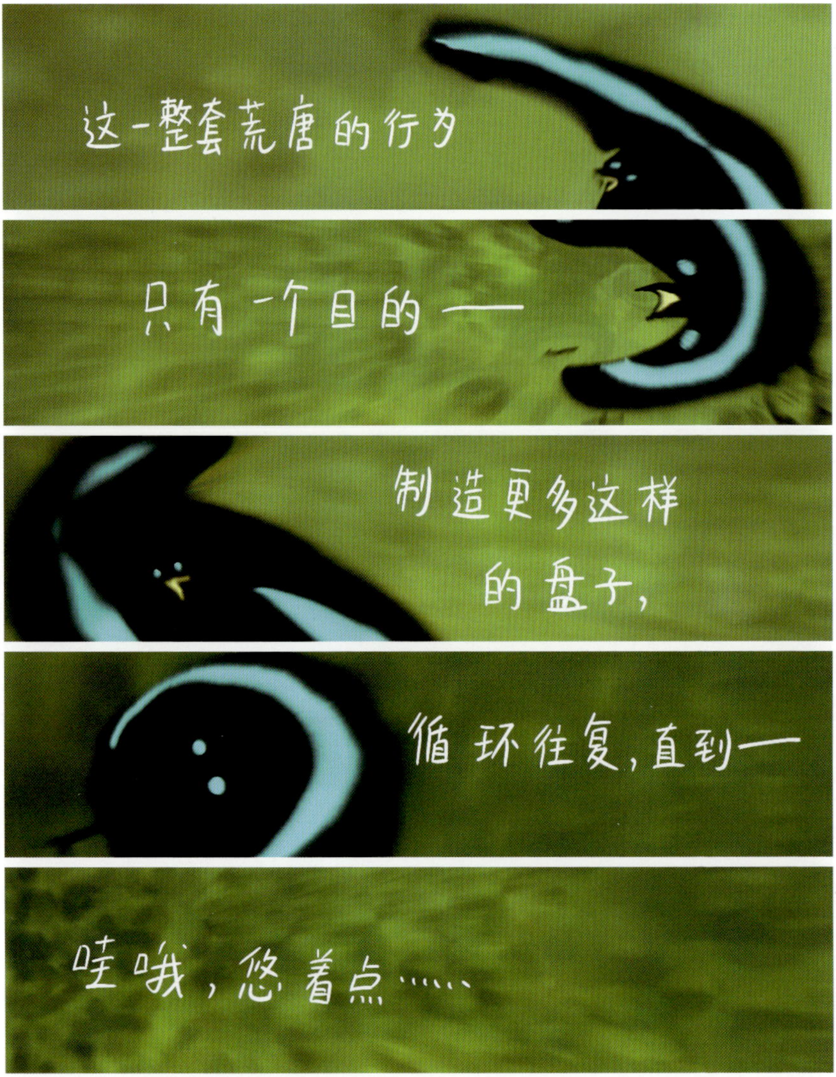

这一整套荒唐的行为

只有一个目的——

制造更多这样
的盘子，

循环往复，直到——

哇哦，悠着点……

　　当你的世界观被鸟界灭霸捶烂的时候，你未必会马上意识到发生了什么，因为新的世界观还没有成形，你顶多会觉得……有一点不知所措。只是一点点。你只是看到了一个稍微有一点点超出自己认知范围的东西。

不必惊慌。你不是那种看到一只鸟就三观颠覆的傻子。绝对不是。你应付得来。你应该应付得来，见鬼，不就是一只该死的鸟吗？

于是你洗洗睡了。

然后，你到了一个地方。

这里好像在举办什么活动。舞会吧，大概是这样。

没什么大不了的。你参加过这种活动，你喜欢跳舞。

于是你跳了起来。

跳啊跳啊跳啊。

非常投入，沉浸其中。

没什么好害怕的——你玩得很开心。可是，你突然意识到……

你瞬间就明白了，跳舞是件多么荒唐的事。

不可思议，过去这三十年，你竟然都没有发现任何线索。

太丢脸了。如此荒谬的活动，你竟然享受了整整三十年，却丝毫意识不到它的反常，真是一种莫大的羞辱。

你觉得自己很蠢。

你觉得被自己和世界背叛了。

你搞不懂，我为什么会喜欢这个？这到底是谁想出来的？是一下子发明出来的，还是逐渐演进的？如果是后者，没人意识到它有多么奇怪吗？

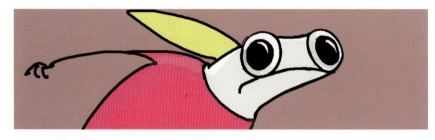

这一连串问题不可逆转地摧毁了"跳舞"这个概念。它现在一无是处。你没法解释它，这太让人困惑了，怎么跳得下去啊？

接下来站不住脚的是音乐。主要还是因为它和跳舞有关。

　　没错，我必须承认，每当听到那一连串"呜里哇啦啊啊啊"的调调，我就忍不住想要扭动起来。

　　然而这很荒唐。喜欢这些玩意儿是非常可笑的。我不清楚自己的理由是什么，但我知道它们的存在没有任何道理，同时我又质疑自己到底应不应该产生这样的感觉。

音乐之后，就是电影。

假如我从来不觉得给电影配乐是件正常事，那倒还好，但在我意识到它们有多荒谬之前，我的全部人生都认为电影配乐是非常有意义的，如同世界上其他的一切。

很遗憾，这个世界没有道理。就是没有。至少并非一切都讲道理。假如继续探究下去，你会发现越来越多毫无道理的事物。这跟努不努力没关系。事实上，你越努力，世界就越没道理。一旦你开始注意到这一点，它就会像塔斯马尼亚旋风章鱼那样摧毁你，挥舞它强大的腕足，把你脑子里那些愚蠢又渺小的意义感统统扯碎。

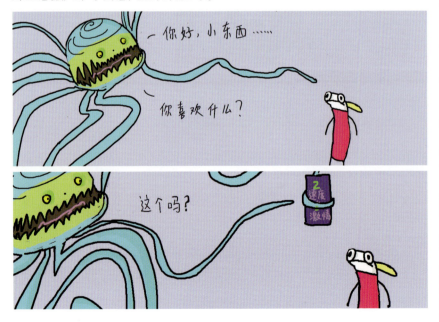

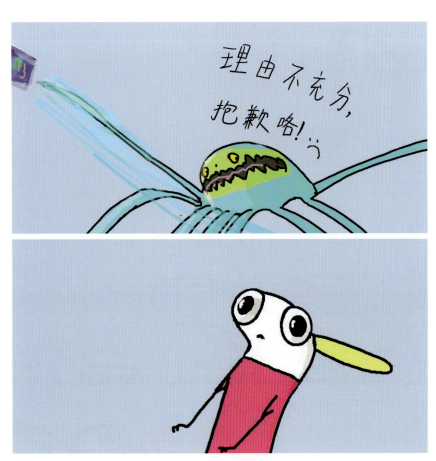

　　这是一种令人困惑的悲伤。真实，却透着不可否认的荒谬，就好像你发现你妈是一只袜子手偶时所感受到的那种悲伤。

——不要想念她，戈登……

她从来都是假的……

你想回到从前，却发现再也回不去了。恐惧席卷而来。

你不知道还会有怎样无穷无尽的后果找上门来，也不知道究竟失去了多少自我，失去这些你又将如何生存。你质疑发生这种事是否公平，事已至此还能做些什么，最终意识到，自己是多么无能为力。

好啦，在"严肃部分"发生前，我大概就是这个状态。

接下来我们会稍微深入一点，希望不要过于深入。鉴于那些我能够控制以及无法控制的情况，我们的讨论会涉及许多方面。它们并不令人愉快。我已经尽力去削减了这部分，但是故事讲到这里，那一片枝枝蔓蔓的悲剧脉络早就已经呼之欲出，难以隐藏。

所以，我不打算遮遮掩掩，但还是会定期插入一些惊人的"冷知识"作为调节，直到你适应为止。

以下是第一个：

冷知识：全宇宙只有14只蝴蝶是真的。

好了，本书的严肃部分正式开始。

形容我当时的健康状况有多糟，就好比描述太阳有多大——技术上相当准确，但无法让人感知真实的比例。

在一大堆症状中，最主要的是，我的身体内部开始毫无征兆地流血，不死不休的那种。

当你体内开始血流不止时，没有人会察觉。你只是觉得怪怪的，接着失去意识，然后——

冷知识：三角形的角切掉也没关系，它们会长出更强壮的角。

——然后有人把你带进急诊室。急诊室的人说："非常抱歉，我们也不知道怎么回事。你是不是八天没吃饭啦？要么就是……喝了太多颜料？说说看，你一定是做了什么奇怪的事，对吧？"

这种情况重复了好几次。

后来有一回，发作比往常更为严重，他们终于改口："哎呀天哪……你快要失血而死了……"

我问："什么原因？"

他们说："天知道。反正你肯定没剩几滴血了……"

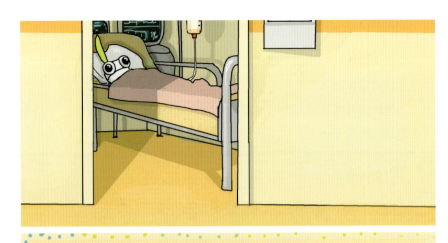

接下来几周，他们把我的身体塞进一堆疯狂的机器里，看看它到底想开什么玩笑，结果在里面发现了一份肿瘤水果拼盘。

其中包括：一团李子大小的东西，一团桃子大小的东西，还有一大团葡萄尺寸的东西。据他们估计，里面原本还有一团橙子大小的东西，但是它爆开了，这就是我差点内出血死掉的原因。

冷知识：在以水果为货币的世界里，要花很多很多颗葡萄才买到一头长颈鹿。

　　十二天后，我在一家可怕的肿瘤医院接受了长达七个小时的手术。他们像吹气球一样给我失去知觉的身体充气，系住脚踝，头朝下倒挂在一张靠墙的桌上，好让远程手术机器人挖掉肿瘤，顺带挖走我身体里五六块其他组织。

　　我并不想表现得大惊小怪，可当你的哲学观刚好在崩溃的边缘摇摇欲坠时，这种事绝对会产生毁天灭地的效果。

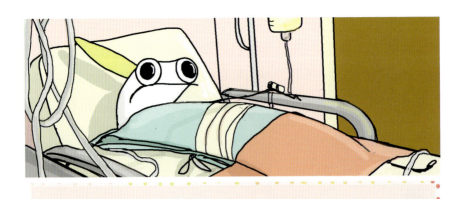

冷知识: 戏剧是血清素的气态形式。

检查结果出来了，不是癌症。

但是，由于肿瘤的出现以及验血结果里癌症相关指标呈阳性，他们告诉我，恶性的概率在"可能"和"很可能"之间，所以我早就为癌症做好了准备。手术前几周，我尽了最大的努力接受死亡，也不知道自己到底接受了没有，但我真的非常努力⋯⋯

冷知识: 每当你努力去做一件事时，就会失去 2% 的合理性。

结果证明这一切都毫无必要，我不禁感到一丝愚蠢。在某种程度上，我希望自己得癌症，因为那是我已经准备好要面对的。

我第一本书的宣发活动就安排在手术之后没几周。显然，那是个相当微妙的时机，但当时的我似乎认为自己还有能力去应付这件事，你敢信吗？

为期三周的宣传活动一过，我觉得越发迷茫，于是取消了感恩节的所有安排。一个月后，我还是没走出来，干脆把圣诞节的也取消了。我没有回去和家人团聚，而是在电脑上玩毫无意义的游戏，连床都没下过。

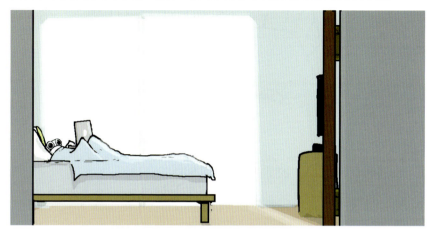

元旦前夕，我妹妹把她的车开到一列火车前面。
她当场就死了。

我俩的关系虽然一直很怪，但我从没想过要为这段关系做好戛然而止的准备。我想，我们彼此都不明白我有多爱她。似乎总有足够多的时间来解决我们之间的问题。

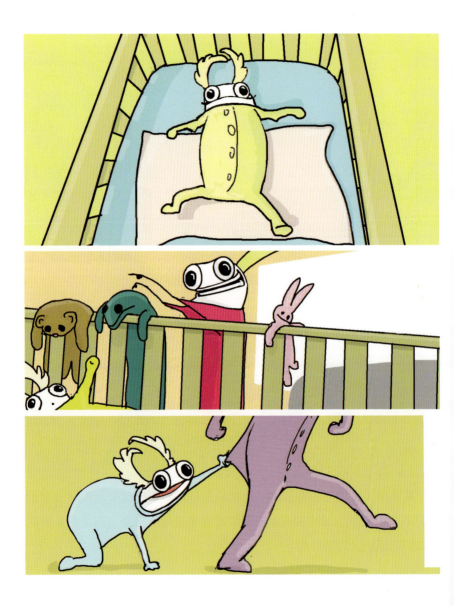

146

147

149

151

152

但是永远没机会解决了。

我再也不能跟她说对不起。

再也无从知晓为什么。

那种感觉……特别糟糕。并且，那种糟糕的体验没有尽头。一旦有机会向愿意倾听的人解释这一切，那种彻彻底底倾诉一番的冲动，实在难以抵挡。倾诉的感觉很好——就好像找到一个出口，好像，只要你真的能把一切都解释清楚，这些经历就会意识到你已经走了出来，不再来打扰你。

现实不会如我所愿，但万一呢！我还是很想倾诉一下——说说我的空虚、不知所措，还有从梦中惊醒的幻灭。我甚至有点想描述一下那个我无法停止想象的、火车撞击到她的画面。不仅仅是描述——我还要给你画出来。如果要绝对坦诚的话，我真正想做的是把这一切都画出来，然后当面展示给你看，以免有任何可能，你我脑海中的画面并不相符。

我想说说那天我回到家时，爸爸拥抱我的力气有多大；他哭得有多伤心；当我意识到自己要承担起带领全家的重任时，我有多害怕。我完全没做好这样的准备，但总得有人去做，对吧？得有人在公众场合为自己的家人说话。我的父母突然之间变得特别无助与渺小，没有办法再保护这个家。所以我猜这个挺身而出的人只能是我。

我想说说那是多么可怕，而且不知怎么的，我在葬礼上竟感到那样格格不入。

该让谁来参加葬礼？

 妈妈？ —— 当然。

 爸爸？ —— 没错。

 在超市上班的麦克？ —— 为什么不呢？

 我？

可以描述一下你跟逝者的关系吗？

 她是我妹——

—— 对不起，你说的 这些 缺乏可信度。

我拼命稳住情绪，不让任何人发现异状。这真的太难了。当我在葬礼的尾声终于崩溃时，悲伤是如此猛烈地从我身体里喷涌而出。

后来，一位熟人找到我们，说他有一些草药可以帮助我缓解情绪波动。我解释说，我只是为妹妹的死感到难过——她前两天还活得好好的，现在却没了，想到这里，再看到最后一张幻灯片，我突然就崩溃了……他温和地指出，当时我哭得比谁都大声。这让我既觉得安慰，又感到惭愧。

我很想仔细说说，死亡是多么让人手足无措，不得解脱。它总是默默坐在那里，迫使你内疚、懊悔。我想说说它是怎样一个岔路口，说说我对妹妹最后时刻的想法有哪些猜测。你知道吗，我现在依然能梦见她，只是梦里的她变得有些不一样了。

梦里的假妹妹是怎样拿杯子的:

✗ 坐姿很普通

✗ 她绝不会把杯子端得那么垂直

✗ 一只手就拿稳了? 怎么可能?

　　我很想抱怨一下这个世界是多么不公平，哪怕拼尽全力，你还是会犯很多错。我想坦白自己都犯了哪些错，为什么会犯错。我还想解释一下，哪些不是我的错，描述一下我生病的全部细节，说说我有多么害怕，还有，医院是如何变成了一个我熟悉的地方。

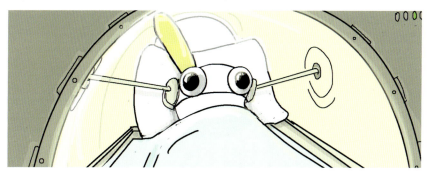

　　我想聊聊我的婚姻为什么会结束，假如有可能重来，我会做出怎样的改变。我还想说说我父母的婚姻是怎么结束的，还有他们依然是朋友这个事实有多么酷。我想把脑袋里所有的问题都问一遍，尽管没有人能回答，因为他们要么没有答案，要么答案太多，要么连我自己也根本不清楚想要问什么。

问题是
"嘟嘟嘟,叭叭叭,三角,
三角,三角,悲伤脸,
害怕脸,要不是这样,
我为什么要那样?"

虽然暂时
还听不懂
这是什么意思,
但显然提问者充满
疑惑和愤怒。

我想把这些都说一说。

所有的一切。

她的一生，我的一生，还有生活本身。

但我不知道该从何说起。

你怎么睡在地板上？

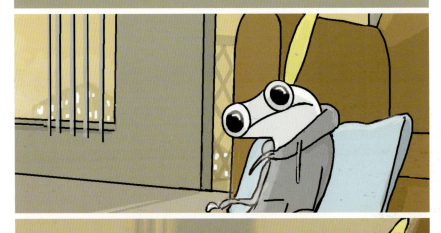

唉，你知道吗？有时候好像全世界就只剩下那些楼顶上一闪一闪的小灯了。

有时候，你只能继续往前走，祈祷自己最终能找到一丁点道理。

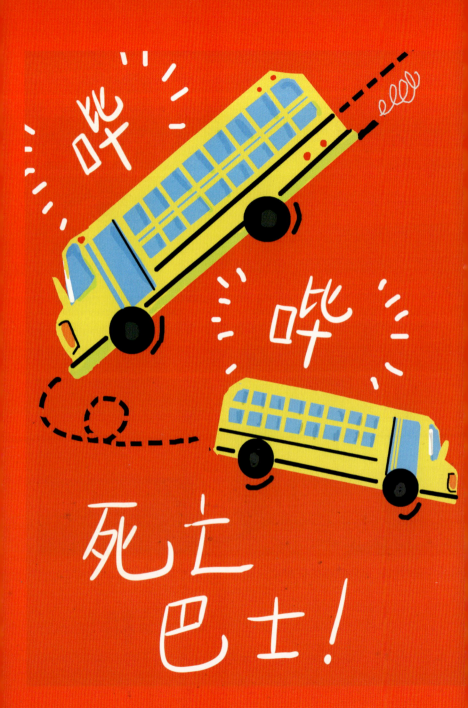

死亡巴士，你现在要去哪里？

8. 堆形狗·上

2015年，我搬到科罗拉多州独自生活了一段时间。家里没有动物，没有别人——只有我。虽然也认识几个动物，但并不打算和它们一起生活。后来我遇到了凯文，他有一条狗，还有三个室友，其中一位室友也养了一条狗。所以当我搬到凯文家住下时，顺便也继承了那三个室友和两条狗。

我见过的动作最快、最容易激动的动物

棕色的一堆，没有眼睛

这个故事就是关于那只堆形狗的。

在你对堆形狗产生好感之前，你应该知道，堆形狗已经死了。她得了一种肝脏萎缩的病，这不公平，但事已至此也没什么办法。不过，我们——我们所有人——都不应该为此放弃嘲笑她的权利。毕竟，死掉的狗曾经也和活着的狗一样可笑。堆形狗休想利用我们的同情心使那些假模假式的伎俩得逞，哪怕她年纪轻轻就不幸死于不治之症，哪怕那根本不是她的错。

死亡能带走你的朋友和宠物，但带不走他们干下的蠢事。

曾经是条好狗
已经死了

非常
伤心

但是她活着的时候：
· 鬼鬼祟祟(其实她有眼睛)
· 喜欢躲在昏暗的走廊里，用她神秘的眼睛
  盯着我们看上好几个小时(就算变成鬼，大概还会
  这么干)
· 有时在地下室拉屎
· 充分利用我们的同情心
· 强迫性放屁机
· 个人空间劫掠者
· 要不是被拦着，很可能已经恐吓过几只鬼子

　　我不打算让死亡成为这个故事的主题，但死亡时有发生，我们就生活在这样的世界上。

　　堆形狗天生一副蠢兮兮的模样。为了让她能看见，我们只好在她的毛上剪出两个洞，把眼睛露出来。虽然效果不尽如人意，她看起来更诡异了，但你不可能因为这样就让你的狗继续当瞎子。

165

对于不知情的旁观者来说，堆形狗温和的性格和小丑般的举动会让人觉得她只是个笨手笨脚的傻瓜。但是，就狗而言，堆形狗基本算得上是一个犯罪天才。

真正的傻狗没有计划。

这只狗有计划。

不是什么好计划。

但她经常热衷于做一些比没有计划更复杂的事情。

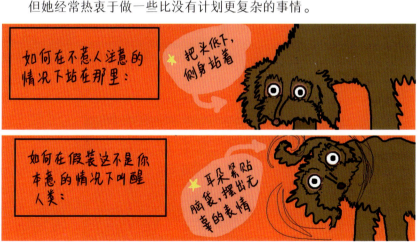

如果我们也是狗，她或许真的能成功。

可惜我们不是狗。

这些鬼鬼祟祟的动物完全不知道自己的诡计有多幼稚，还自以为滴水不漏。于是，你会看到它们的计划层出不穷，一眼能看穿的那种。不过，在你拿出实打实的证据之前，它们绝不认为自己被识破了。你必须让它真正信服。因为就算整个计划完全展露在你、它自己、上帝和联邦调查局面前，这些家伙也还是会暗自得意：嘿嘿……他们根本想不到是我干的……

　　有一次，我掉了一些薯片在地上，堆形狗立马扑过去，被我逮个正着。我们四目相对的那一刻，她僵在原地。

她知道自己做错了。

并且她看见我看见她这么做了。

她守在薯片上方，一动不动，直勾勾地盯着我看了好一会儿。我猜这是为了防止我注意到她，同时为她自己争取时间，想出瞒天过海的伎俩。

诡计如下:

看

伸个懒腰吧!

也算得上是个计划吧。欺骗计划。尽管谁都能一眼看出她到底想干什么，但这绝对是个货真价实的计划，只是距离成功还很遥远。

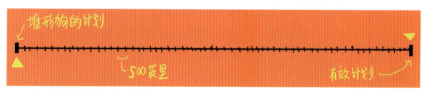

堆形狗的计划

500英里

有效计划

这只是她的众多计划之一。堆形狗的诡计数不胜数，什么都敢想，她甚至有胆量把月亮打下来。

举个例子。假设你家里铺的是地毯，只有厨房铺了一条油毡，而你偏就喜欢在这条油毡上走来走去。可是，每当你在油毡上踱步时，不知道为什么，周围的人马上都能察觉到并前来制止。这样的情况发生了至少四百次，而这四百次中的每一次，你都会立刻被发现并叫停。

哦对了，你不会隐身，也不会悬浮。面对如此严苛的条件，你大概也觉得自己没机会得逞了。事实也的确如此。但这并不妨碍你做很多尝试，比如，万一被抓住了，就多等一会儿，等他们不再关注你时，你就很慢、很慢、很慢地溜走，再回到油毡上面试试看。

171

这个策略最大的漏洞在于，当一只体重22公斤、长了16片脚指甲的动物在人类身后一米开外的塑料布上走来走去，不管你有多小心，都很难不吵到别人。这正是我们不希望堆形狗在厨房溜达的原因。假如她能四处走动却不引起任何人的注意，那真是谢天谢地。但显然，我随便想两个办法都能立刻锁定是她……我是说，她哪儿来的自信，竟然认为自己的计划能成功？

不过，千万别以为堆形狗会黔驴技穷——绝对不可能，因为我曾亲眼见过她为了达到目的，把自己会玩的所有花样挨个儿试了一遍，整个过程长达半小时之久。我之所以知道这是她的全套本事，是因为牵扯到了胡萝卜。堆形狗的绝望临界值远超常人，类似这样："好吧，我这600个花活已经试了599个，没一个管用的，不过，说不定这最后一招……"

那是一场经过克制的灾难性失误。她太想要那些胡萝卜了，而我们要做的只是守住胡萝卜。最终，堆形狗的军火库在一首徒劳交响曲中轰然倒塌。

如何才能真正骗过他们：
（胡萝卜版）

看着
胡萝卜。

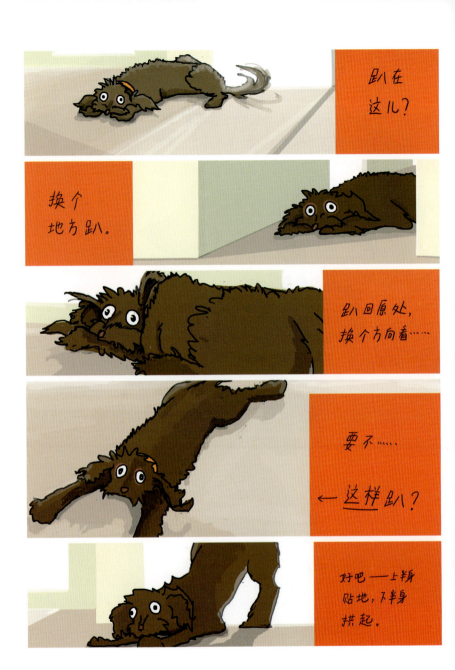

胡萝卜随便看。
听说这个姿势
可以隐身。

坚持住……
可能要过一
会儿才起效……

不管用。
再站起来
试试。

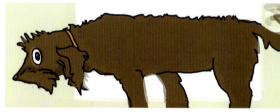

摇摇尾巴……

笨蛋！
不能摇得那么明显！

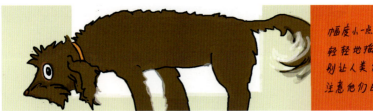

幅度小一点……
轻轻地摇，
别让人类发现。
注意他们的反应……

要不……
←这样？

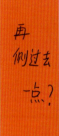

再侧过去一点？

换另一边侧身？

……歪头。

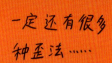
一定还有很多
种歪法……

比如，
肚皮朝上
侧着看……

侧身
站在
沙发上。

（悄悄把脸侧过来）

　　她尝试的花样越多，就越像是在作法，按照特定顺序念出咒语那种。这一整套里面杂糅了骗术和精神控制，总之这个东西，除了巫术还能是什么？

魔法指南: 如何控制胡萝卜?

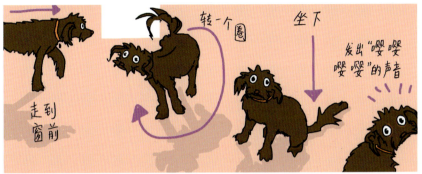

这一系列操作看得人眼花缭乱, 不过别担心: 识破这些对我们来说小菜一碟。

181

堆形狗觉得我们能读懂她的想法。

我不相信有天堂，但这个想法确实有很多美妙之处。对我来说，最激动的莫过于到天堂翻答案，知道自己哪些事情做对了、哪些做错了，掌握这一辈子的全部记录。

　　假如堆形狗真能看到这些记录，她一定会非常自豪，毕竟她是狗界最接近以正当手法让人类上当的案例。当然，离成功还是差了十万八千里，而且努力骗人的样子看起来也蛮傻的。不过我敢肯定，在某个连半秒钟都不到的短暂瞬间，我们是差一点着了她的道的。

　　对于肝脏萎缩、没有眼睛的堆形狗来说，这已经很优秀了。

9. 堆形狗·下

如果说"堆形狗从来没骗过任何人",也不是不成立,因为严格来说,她主动发起的那些欺骗行为,从来都没有成功过。

但她确实迷惑了很多人。

肝病晚期的症状之一是腹水。液体不断在腹腔积聚,越积越多,很快你的狗看起来就像是怀了十九个月的胎。

一开始你还能用各种疗法缓解症状,但最后还是以失败告终,你的狗只能挺着个大肚子。

这时,兽医告诉我们,这只狗快不行了,最多还剩几个礼拜。

四个月后，堆形狗还活着，走起路来一摇一摆，仿佛世界上毛最多的大水球。

她就这么走啊走啊，好像也没觉得有什么不对劲。

除了她自己，其他人都发现了。要是你的狗身体里平白多出来18公斤水，任谁看到都是这个反应吧：天哪……这什么情况？

　　他们能想到的最不恐怖的可能性就是怀孕。但实际情况看起来远不止怀孕这么简单。一只狗需要怎么怀孕、怀孕多长时间才能变成这副模样？循环套娃式怀孕吗？要真是怀孕，怀的也不可能是小狗——至少也得是蛇之类的怪东西。

　　大家都非常担心。

　　他们不想草率下结论……说不定只是一种非常高级的怀孕形式呢……总之大家都不想错过这种可能性，见到堆形狗路过，他们都会从马路对面走过来，或者从家里走出来，询问她的预产期，以防万一那是十个月前而我们并没有意识到。

这种让人为难的问题，你每天还得被迫回答五次。难就难在，真相很难说出口："不，对不起……她这副样子是因为快死了。"

可你又不能说谎。大家会问个不停。

想要回避这些问题也很难。提问的人也是出于好意——确保你不会对这只可怜又臃肿的狗做出什么奇怪的事。在得到解释之前，他们不会停止提问。

她又活了很久。夏天来了，我们不得不给她剃毛。

剃完才发现，尽管她看起来像一只得了糖尿病的外星海牛，却没有足够的脂肪来给自己保暖，哪怕气温高达30度。我们只好给她买了一件毛衣，在七月份。

她本来就看着挺怪了，没想到这件毛衣让情况变得更加糟糕。

谁也不知道该拿她怎么办。万一不小心遇上其他人，他们甚至不知道该作何反应。

最具代表性的例子，大概是我们空调坏掉那次。

修空调的人见到堆形狗，一脸警惕，拿不准该怎么跟她互动。

堆形狗倒是自在，像往常一样摇摆着在家闲逛，轻柔地喷出友善的鼻息，跟角角落落的东西打招呼。修理工始终紧张地盯着她看。

我们以为他只是不喜欢狗，或者在纠结该怎么开口问这只狗有什么毛病。

十五分钟后，他终于鼓起勇气问："这是什么动物？"

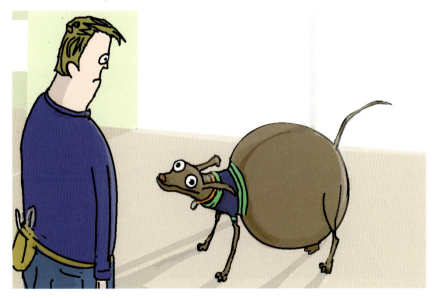

这是个铤而走险的问题。

假如只是稍微有点不确定，你是不会这样问的。

但凡你有自己的猜测——怎么猜都行——也不至于这样问。绝对没有人愿意被当成山羊和小马傻傻分不清楚的笨蛋。如果有任何可能这是某种你听说过的动物，你都不会问出口的。

唯一会这么问的人，肯定是百思不得其解，觉得这可能是一种他从来没见过的动物。

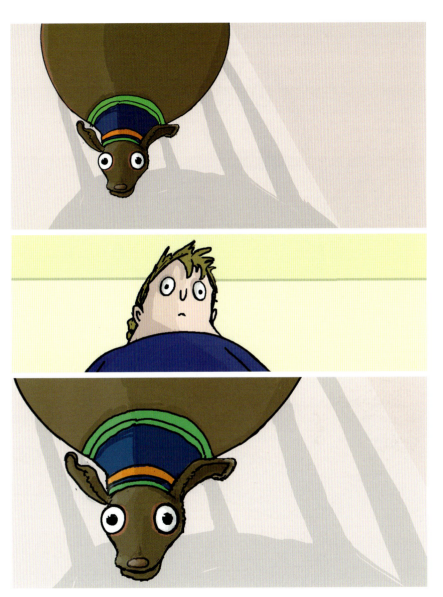

甚至无法辨别她是什么物种……

不是，我说真的……

……到底是什么？

这个……我是说这个啊……什么东西……

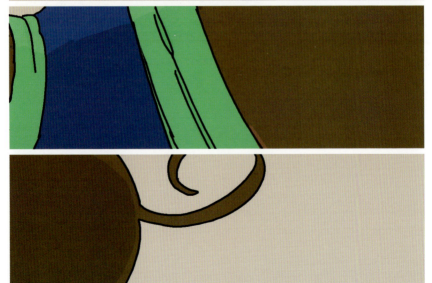

怎么还穿露脐装啊？

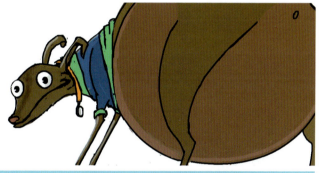

算了算了——我就直说吧：

你们是不是从外太空非法
领养了一只怪兽？

告诉我没关系的……

我不会伤害它……

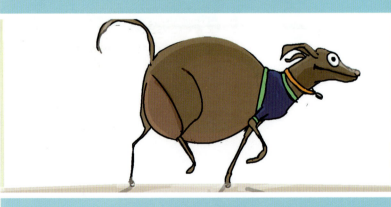

说说吧，到底怎么回事……

就告诉我一下，这是个什么东西……

我们告诉了他，但我觉得他不相信我们。

10. 公平

　　我家对面一巷之隔的房子里，住着一个拥有锤子的男人。我是怎么发现的？有一天，他在自家屋顶抢锤子，时间是早上7:54，比公认的可以容忍敲锤的起始时间还要早六分钟。虽然看不清他在那里捣鼓什么，但我猜一定是些无关紧要的活儿。

　　每一天，他都在差不多的时间开工——7:53、7:56、7:55——总是比八点提早那么一点点。这说明锤子男很清楚锤子的使用规则，但依然选择无视规则，以获得不公平的优势。

　　由于始终没有人采取任何措施阻止他，锤子男越发胆大，甚至再次提前敲锤时间：7:48、7:46、7:44。他显然认为自己这一回仍然能逃脱惩罚。

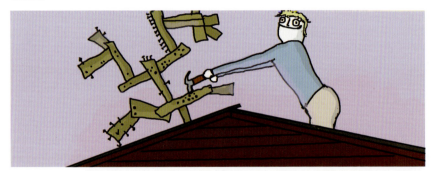

　　但是他想错了。

　　从第一天开始，我每天都在距离案发现场十米开外的卧室里怒视锤子男，拒绝容忍他的所作所为。

我别无选择。

据我观察，锤子男距离成为见什么就锤什么的法外狂徒仅一步之遥，而这步路上只站着一个我。只有我，才能阻止他继续堕落。

该男子声称他必须在清晨7:46开工，并且拒绝解释他在干什么，以及为什么必须在这个时间施工。

根据目击者回忆，该男子"一直敲一直敲，敲个不停，直到把锤子都敲坏了才停下来，然后又去买了把新锤子"。

到了这次回顾，还是有人目击到该男子"一直在敲"。

目前看来，很难判断他到底是为了什么在敲，根据仅有的线索，我们只知道他看起来非敲不可。

群众一致盼望能有人尽快拦截，阻止他这种行为。

敲锤扰民无人阻拦，
男子终成滥锤凶犯

我敢肯定，假如放任锤子男为所欲为，那无论什么都逃不过他的铁锤。我试图控制住他，可他好像不怎么受影响，一旦我有丝毫懈怠，都可能让他趁机逃脱，成为真正不可阻挡的锤击狂魔。

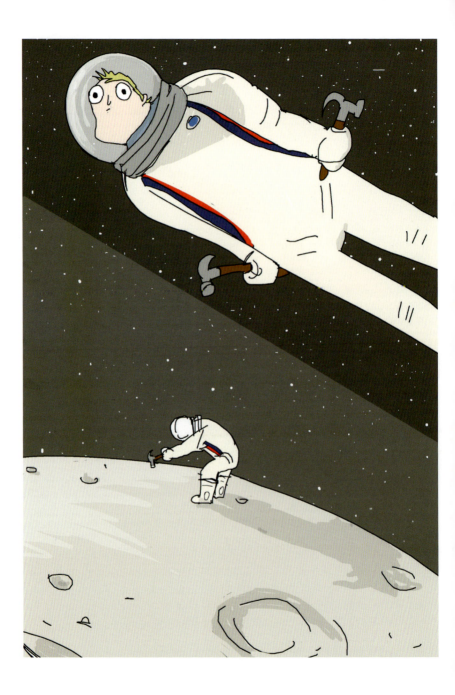

被迫出面维护正义让我倍感压力。你很难不去怀疑是不是"宇宙公平公正部门"出了问题，连部门高层都对这个世界失去了掌控，需要寻求帮助。

每一天都有不对劲的事发生，这个世界的问题越来越不容忽视。到处都是一团糟。

← 莎伦挑了二十九件东西，竟然还想走快速结账通道。

多年来，这棵树的树根逐渐拱坏了兰佩斯家门口的红砖地面，尽管兰佩斯一家从来没有任何刺激它的举动。

← 卡尔觉得自己比其他人更优秀，其实他连一般人都比不上。

斯蒂芬妮发现自己得了癌症那天，这个邪恶的碗柜故意跳出来挡住去路，她只好绕道行走。 →

← 这只狗总是控制不住自己的身体，还把阻止这副躯体作怪的责任强加给别人。

谁也不知道斯蒂文看起来那么好笑是因为他总是念叨电影里的台词，还假装那是他自己的原创。

汤米和比阿特丽斯已经胡乱吹了两小时长笛，被人指责时，他们学着妈妈卡歌·道尔的原话，一本正经地解释："小孩子不都是这样的嘛！"

事已至此，也不用再怀疑"宇宙公平公正部门"是不是真的完蛋了。我们现在只能孤军奋战，而坏人们迟早会发现这个事实。

215

卡伦……
外面全
乱套了……

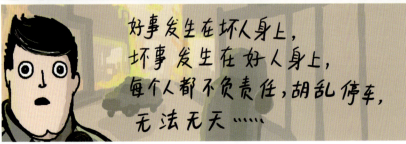

好事发生在坏人身上，
坏事发生在好人身上，
每个人都不负责任，胡乱停车，
无法无天……

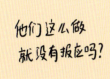

大概没人能救得了我们，卡伦。这是个没有道理和公平可言的世界。

可难道就没人能……做点什么吗？

假如你跟我家对面那个男人一样唯恐天下不乱，很可能并不会把什么正义的惩罚放在眼里。你觉得你很了解自己正在参与什么样的赌局。

锤顶的时间越来越早，因为他知道这样做顶多就是有人出来试着制止一下他。

仅此而已，不可能产生更糟糕的后果⋯⋯

任何有理智的人都不会采取比这更进一步的措施⋯⋯

或许你自认为已经摆脱了道德的约束，逃离了正义的惩罚。

然而有一天，你起床准备去敲自家屋顶时，发现院子里躺着一根树枝。

你不会意识到这是天降正义。毕竟它看起来就是根普通的树枝，虽然不怎么容易挪动，但绝对不是正义⋯⋯

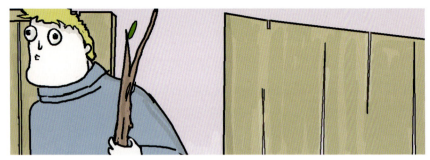

可是第二天早晨，当这根树枝再次出现在同一个地方时，就不太好解释了。

第一次你推测是大风刮来的。两次都吹落到同一个位置，风一般做不到这么精准。但无论如何，风似乎是最合理的解释。

第三次，风看来是完全说不通了。

你丢掉了树枝。不明白为什么会发生这种情况，但你确信扔掉树枝就能解决问题，无论它意味着什么。反正肯定不是有人故意的，否则，这样做又会是出于什么目的呢？

可是，树枝又出现了。

　　你把它扔到距离第一个垃圾桶好几个街区远的另一个垃圾桶里。假如真有人搞鬼，这个人必须具备极强的目标感才能找到这根树枝，然后再一次把它丢进你的院子里。

　　可它还是回来了：同一根树枝。

　　现在可以肯定：是有人故意这么干的。

　　这就奇怪了。一般来说，这种有针对性的行为都是有原因的，可这么做究竟图什么呢？这不合理。它完全违背了你对人类行为及其动机的认知，毫无逻辑可言。你确信这一点。

　　你想搞清楚是谁在背后捣鬼。这一次，你没有选择更远处的垃圾桶，而是把树枝丢在了墙外的巷子里。你开始熬夜，一天比一天睡得晚，只为看一眼究竟是谁。看清他们的脸，逼他们交代这样做的目的。

　　可惜，这个始作俑者似乎对你的计划了如指掌，你永远无法捕捉到他们的踪迹。

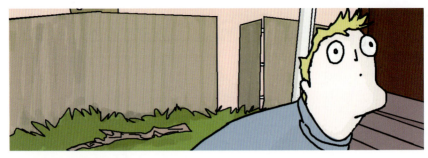

而当那根树枝再也不出现时，我猜你会感到更加困惑。

假如有人连续三个星期往别人家扔同一根树枝，然后突然就不扔了，这合理吗？虽然这样做起初看来毫无意义，但至少前后一致，有规律可循。至少还存有一线希望，或许能弄清整件事的来龙去脉。答案一定就藏在什么地方。你不可能随随便便挑一样东西，仪式性地每天把它放到别人的院子里，却不解释一声；也不可能突然又停手了，还是不给出任何解释。

但其实你可以。

你甚至可以三个月后故技重演，没错，就是在最不可能开始行动的时候重新开始行动。

你可以做的还有很多，比如用柚子代替树枝。仅此一次。

然后永久性换回树枝。

我不知道锤子男有没有从中学到什么，毕竟这个惩罚与他犯下的罪行之间很难找到因果关系。

但我相信，他一定开始思考了。相比直截了当的对峙，这样的间接警告或许更有可能让他开窍。

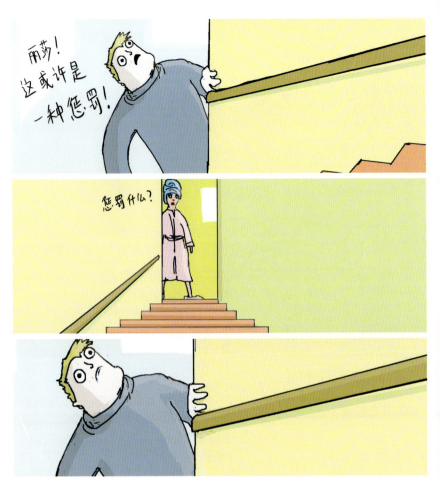

不过，我这么做并非要教训锤子男。

而是为了我自己。

我无法要求每一件事都变得公平。

也不能让它们按照我所理解和认同的"正当理由"而存在。

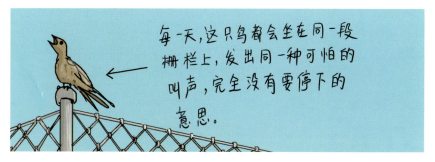

但我可以左右自己的选择。

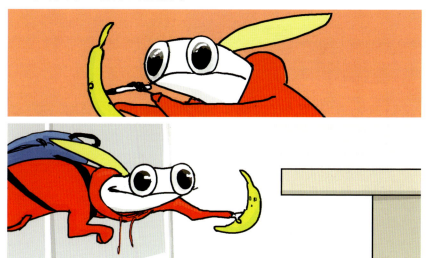

补偿价值估算：

-79美分 ＋ 这只惊讶脸

香蕉所能传递给赌场的任何信息。

我可以选择做一些同样毫无意义、荒唐可笑的事。

这样一来，好像还挺公平。

11. 计划

我小时候的日记里写满了训练计划。

训练计划包括：提高我施展真正魔法的能力；教会我的狗认字；四肢着地跑步训练（目标是成为一头真正的狼）；指导我的朋友乔伊如何画得更快更好。我给自己玩过的每一条水上滑梯都取了名字写下来。也不知道我的终极目标是什么，但我严重怀疑是想要玩遍世界上每一条水上滑梯。

假如有人发现了这些计划，非得猜猜编写者打算干什么的话，他们能得出的最佳答案就是角斗士训练：这家伙显然是想在某个由狼群统治的水下乌托邦中成为一名角斗士。

练习！直到你能在荒野中生存。

1996年8月8日，我为我的一个计划制定了大纲，希望解除人类盖被子睡觉的需求。我不知道这有什么好计划的。不过，到了1996年的10月底，我下定决心要彻底摆脱这个恼人的弱点。

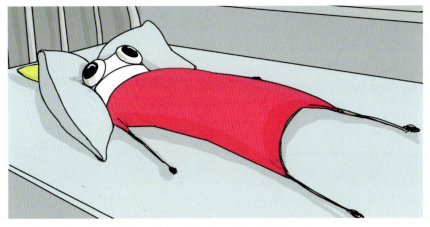

假如我当真相信这些计划能实现，那还挺危险的。

举个例子，1991年7月，我以为自己发现了水下呼吸的秘密：

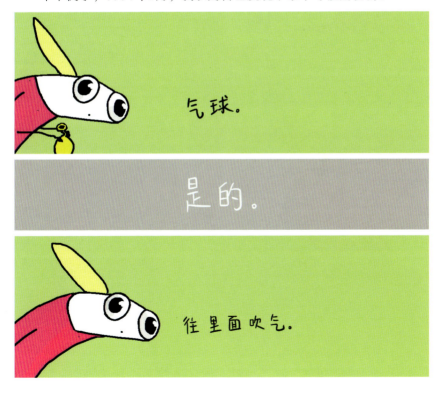

气球。

是的。

往里面吹气。

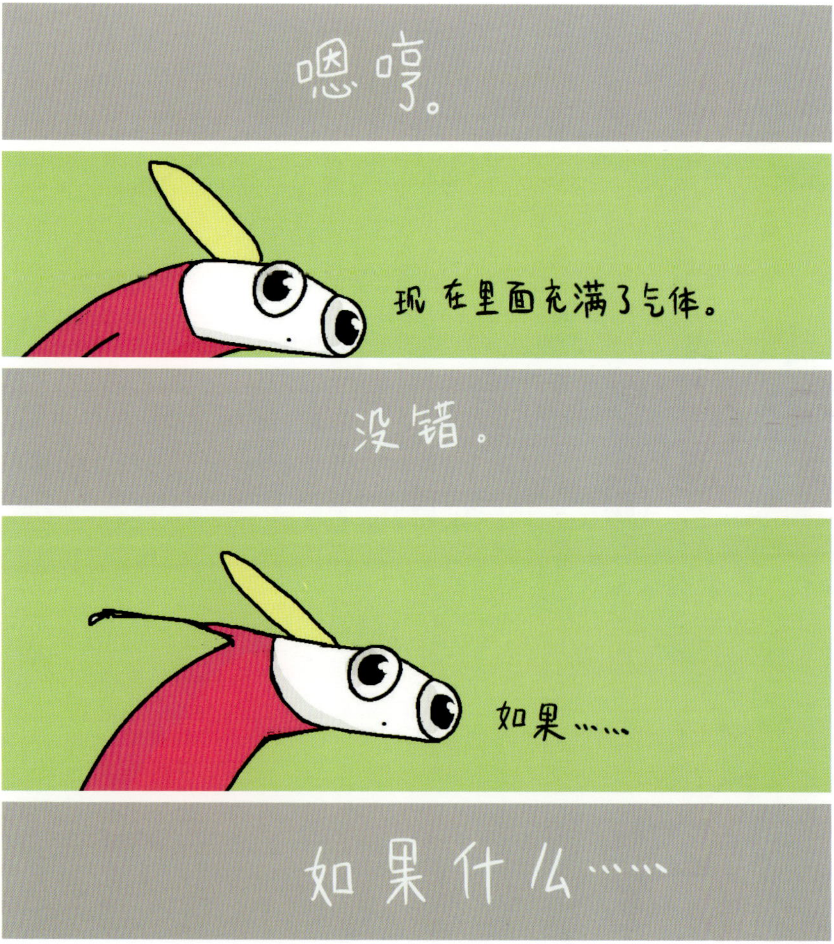

嗯哼。
现在里面充满了气体。
没错。
如果……
如果什么……

我一直坚持到9月才放弃。因为这看起来……太有可能成功了。

这就是乐观主义的危险。如果你觉得自己能做到，就会不断去尝试。假如成功了，很好——你做到了。以后睡觉再也不用盖被子了，干得漂亮！那真的不是一件容易的事，尤其是当你实际上并没必要去做它的时候。

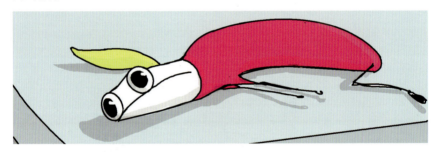

如果没成功，你仍然会继续尝试。

步态还没有100%接近娘，只要多加练习肯定能解决这个问题。

总有一根胡萝卜悬在眼前，告诉你只要用尽全力就能变成自己想要的样子。

生活中的主要难题

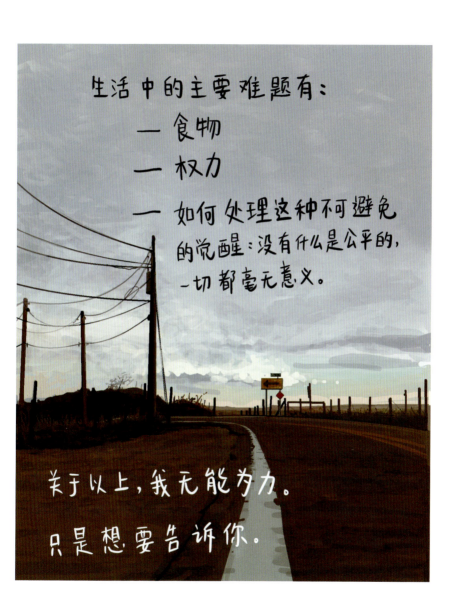

生活中的主要难题有：

— 食物

— 权力

— 如何处理这种不可避免
的觉醒：没有什么是公平的，
一切都毫无意义。

关于以上，我无能为力。

只是想要告诉你。

12. 猫

　　领养猫和领养狗是完全不同的体验。狗的领养流程条理清晰，探访时间之类的都有明文规定。而领养猫的时候，他们会问你："想要什么？猫？"你说"是的"，他们说："太好了。随便挑，想要几只抓几只——整栋楼里都是猫。"

　　于是你逛了三个小时，想要找到一只喜欢你的猫，然后在天黑前将范围缩小到了这四个选项：

　　·一头11岁的独角兽。所谓"角"其实是个肉瘤。喜欢抚摸，尤其喜欢被摸那个瘤。

　　·一只普通大众猫。5岁，毛不长不短，对于抚摸说不上是喜欢还是讨厌，对人类若即若离。

　　·一个支棱着小短腿的傲娇怪兽。

　　·一只长得像松鼠的生物。年龄不详，来历不明，拼命想用他的全身来蹭我们。

　　我们选了最拼命的那只，他看起来最想被收养。我们给他取名"松鼠"，因为他的外表和行为都像松鼠，猫如其名。

松鼠最好的朋友是一只黄绿相间的玩具老鼠。

他们的关系反复无常。肯定不是老鼠的锅——毕竟它只是个玩具——但在松鼠看来，或许老鼠才是那个始作俑者。

我不明白松鼠是如何维持这种关系的。每一天，他都能找到新的灵感，对自己的老鼠朋友做各种奇怪的事。

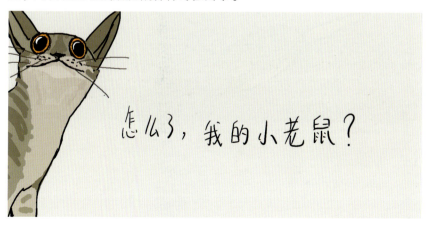

怎么了，我的小老鼠？

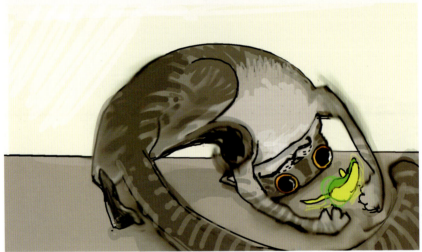

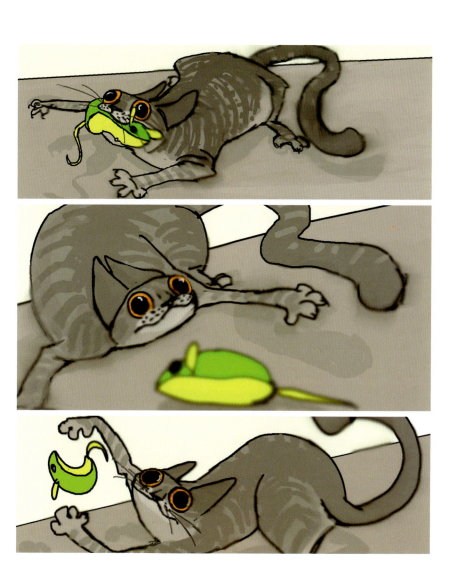

　　我对他俩关系的把握仅限于皮毛。比方说，我能看出松鼠什么时候生气，因为他生气的时候会把老鼠放进浴室。这我能理解。当你厌倦了你的老鼠朋友，甚至连看都不想看它的时候，必须做点什么，给它点颜色看看，关进浴室好好反省一下。

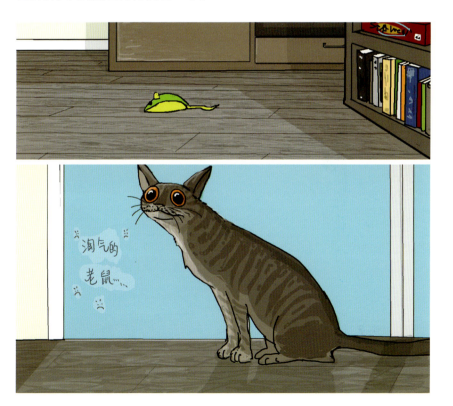

老鼠总是惹松鼠生气——从床上掉下来，在他最意想不到的时候躲在水碗后面，总是挂着一副叫人恼火的表情，好像在嘲笑别人的愚蠢。

不过，这并非他们唯一的斗争形式。还有许多别的花样。

比如有一天，老鼠身上弄湿了。松鼠认为老鼠是故意针对他才把自己弄湿的，于是发了好一阵子疯。

过了几天，我走进卧室，发现松鼠正一个劲地把老鼠往自己喉咙里塞。也不知道老鼠又怎么惹到他了，反正他看起来不像是闹着玩。

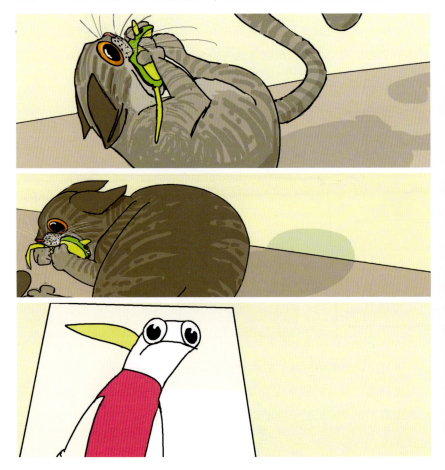

当老鼠终于散架的时候，我们买来了新的老鼠玩具，以为这就够了。要知道，松鼠可是一只连"关禁闭"都能理解的猫，无缝衔接交个新的老鼠朋友不是很简单的事吗？反正都不是真老鼠——假装这就是之前那只，然后继续过他的日子呗。

可他讨厌新来的老鼠，拒绝接受它们。哪只老鼠胆敢想和他做朋友，就会被他丢进浴室里。

松鼠对老鼠竟这般忠诚，令人心生敬佩。是啊，他俩共同经历的过往，别的老鼠再好也比不上。怪不得新老鼠们上赶着融入这段关系时，松鼠会那么生气。这群粗野的耗子，好大的胆子。

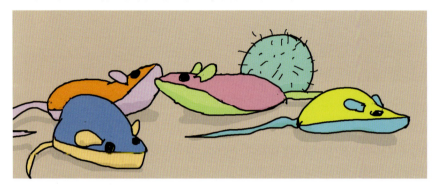

松鼠显然很讨厌它们。这跟讨厌之前的老鼠不同，这种讨厌背后没有激情。他只是明明白白地厌恶它们，不想和它们做朋友，仅此而已。

是的老鼠，我们讨厌它们。

不知道松鼠和老鼠未来会怎样，但他们一定能找到办法走下去。他们太需要彼此了，容不下任何东西插足这段关系。

13. 鱼的视频

我第一次尝试交朋友的过程，被拍成了家庭录像。

鉴于这只是一本书，我无法向你播放这段视频，但是，为了铺垫，我还是要描述一下视频的内容。

当时我两岁，想要跟一条沙丁鱼交朋友。

它已经死了，所以事情从一开始就不太顺利。

我在尽我最大的努力跟它搭讪。

　　那时我还不懂什么是死亡，但能感觉到我的朋友尚未发挥他的潜能。他需要我的帮助。视频里，我的脸上浮现出决心已定的坚毅表情：上帝啊，我要帮助这条鱼，谁也不能阻止我。

计划一：向鱼吹气。

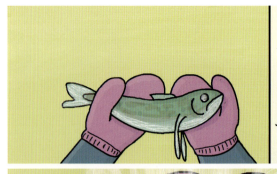

很快就会
好起来的。

计划二：向鱼用力吹气——强大的气流一定会让他精神百倍！

还是行不通。

好的，执行计划三：对着鱼大喊大叫，鼓励他。

　　几分钟过去了，他还是没醒，但我好像并没有因此而气馁。这条鱼是我的朋友，我得把我知道的所有办法都试一遍。比如：以施展巫术般的精确度将他放在地上，然后举起双臂后退。

假如还是不起作用，唱歌总不会错……

大多数人唱完歌就无计可施了，但我还知道：使劲按摩。

这段视频是20世纪80年代的家庭录像带，画质跟现在主流的分辨率相比，就像近视眼摘下眼镜看到的世界。我想说的是，我把那条可怜的鱼折腾惨了，即便在如此夸张的分辨率之下，你也能看到我的手套上沾了多少鱼肉碎块。

快进五分钟。

不知为什么，我奶奶还在拍。我和鱼朋友已经越过了可爱和悲惨的临界点，海滩上的其他人开始表现出不自在了。我妈察觉到了其中的微妙，试图结束这场闹剧。

突然，镜头拉远，我和沙丁鱼变成了小黑点。时间快进到未来，两岁的小孩变成了重度抑郁的大人，刚刚参加完妹妹的葬礼，正坐在爸妈家里，一个人黑灯瞎火地观看这段视频。这盘录像带是在车库的一个箱子里找到的，当时我心想：嘿，我知道什么能让我振作起来了！一段我灰暗生活开始前的录像！

然后，我就看到了这段当头棒喝一般的存在主义悲剧……

……没有一丝丝防备。它用一种天真的不经意的手法告诉我，一切的一切都是怎样一场徒劳。

而我无比绝望地感同身受。

14. 丑小鸭 2

　　大人不擅长向孩子解释事情，尤其是那些艰难的真理，比如：这个世界不讲道理，一切都毫无意义，但是无论如何，你都要继续努力。

　　我接下来要说的事绝不是你在十一岁生日之前会遇到的最艰难的事，但那时的我是一个形貌怪异的孩子。
　　真的很怪，让人难以避而不谈的奇怪。

我说……**也许**她还没注意到，但这太明显了，
我们能看出来，别的小孩也能看出来，就连动物大概也能看出来……

她总有一天会提出很多令人沮丧
的疑问，得有人告诉她……

你不应该告诉他们真相。万一他们自暴自弃怎么办?

你应该给他们讲讲丑小鸭的故事。

丑小鸭

创作于1842年，揭示了"丑陋并不可耻"的道理，因为你最终能够变美，证明大家都是错的。

一群小鸭子

啊哦，其中一只很丑……

滚远点儿，蠢蛋，怪鸭子！我们讨厌你！

长大变成了天鹅

　　我不想对汉斯·克里斯蒂安·安徒生过于苛刻，因为他此刻无法为自己辩白，但我很难相信安徒生在写《丑小鸭》时尽了最大的努力。那家伙是个疯子，你知道他写了多少故事吗？三千三百八十一个。你当真觉得他对每一个故事的思考时间都超过了四秒钟吗？

　　我没有指责汉斯·克里斯蒂安·安徒生的意思，但作为一个丑孩子，我发现《丑小鸭》不能解答我的疑惑。如果说这个故事是他在极度疲惫、一心摆烂的状态下写出来的，我也不会感到惊讶。

汉斯·克里斯蒂安·安徒生没有心情处理这些破事，他其实想说：
"谁知道呢？费莉希蒂贝尔，他们可以滚到一边去。"

然而，费莉希蒂贝尔还是希望那些可怕的丑孩子能有一个充满希望的未来。她一脸失望地盯着汉斯·克里斯蒂安·安徒生，直到他觉得有必要采取行动才作罢。

要不就写一个主角很丑的故事……

甚至可以把这句话放在开头，很久很久以前，有个很丑很丑的人……

好主意！这个故事能引起丑人的共鸣。

很高兴我能帮上忙。

汉斯·克里斯蒂安·安徒生说："好吧。那我们的主角就是一只丑鸭子。"

可要是那只鸭子一直这么丑，又该怎么办？

你什么意思？

假如它顶着一副丑模样，越长越大，该怎么办？

我也没办法。

把它埋了吧。

1939 年，罗伯特·刘易斯·梅写下了《红鼻子驯鹿鲁道夫》。在此之前，没有人对"丑孩子该怎么办"提出过新鲜观点，或者说，也只有鲁道夫的故事给出了像样的解释。

罗伯特·刘易斯·梅说：

什么样的驯鹿……

嗯，这头驯鹿，95%跟普通驯鹿一个样——从后面看，就是一头普通驯鹿——但是从前面看……

哎呀我的天……简直是个怪胎！孽障！

根本无法用语言形容这头驯鹿到底有多么奇怪！

我懂。

像个灯泡？

没错。
这头小怪胎驯鹿有一只发光
的鼻子。

总之，它叫鲁道夫，是一头
德国驯鹿。别的驯鹿天天
跟在它屁股后面骂它——酒糟鼻、
红鼻怪之类的——它们真心讨厌
它，显然是因为这个鼻子。

太卑鄙了。

圣诞老人干
什么去了？

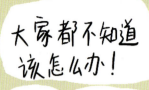

大家都不知道
该怎么办！

完犊子了！

镜头切到鲁道夫。

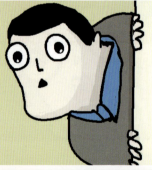

……它像往常
一样趴在笼子里,
自怨自艾……

突然，圣诞老人冲进来，把情况告诉了鲁道夫。

圣诞老人说：

好啦，怪胎……

事实证明，你竟然是全北极唯一的可移动光源。

我同样要向罗伯特·刘易斯·梅道歉，但他的故事显然也经不起推敲。

这个故事教会了我们跟同龄人相处的什么道理呢？"坚持住，孩子——也许以后会出现一些极端的巧合，你的缺陷恰巧成了解决某个难题的关键，每个人都会因为你很有用处而勉为其难地接受你。"是这样吗？

如果这样的巧合一直不出现，我该怎么办？如果我永远丑陋无用，又该怎么办？

我或许并非讲故事的最佳人选，但有时候，如果你期待世界有所变化，你必须成为那个变化本身。如果你无法满足众人眼中的美丽标准，也许退而求其次的办法，是听一个关于动物的故事。

亲爱的孩子们：

很久很久以前，有一只丑陋的青蛙。

应是世界上最丑的青蛙吗？

没错，它是世界上最丑的青蛙。

但——

为什么故事里不管出来个什么，都得是世界上最糟糕的？

比较是我们人类的天性，不需要为此感到自责，但我们至少应该意识到，看见一只青蛙就自以为知道它在"世界青蛙排行榜"上排在第几位，是多么愚蠢的一件事。为什么我们甚至要有这样一个排行榜呢？它们就是青蛙。放过它们吧。

我想说的是：不存在分辨谁是最丑青蛙的"正确方法"，而且这根本不重要。但是，假如这样说让你觉得更高兴的话，可以暂时称其为世界上最丑的青蛙。

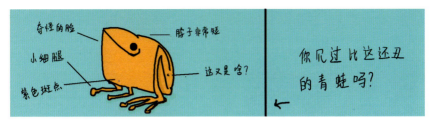

你肯定听过不少故事，所以，现在大概在想：嗯，这只青蛙的故事刚开了个头，接下来肯定要讲它是怎么一步一步获得成功的。

不，这不是故事的发展方向。首先，没有"成功的青蛙"这回事。

噢，对不起——青蛙必须得是美丽的、成功的，我们才能讨论它吗？世界就是这样运转的吗？我们只能谈论了不起的青蛙吗？你猜怎么着，孩子们——这甚至不是一个真正的故事，不过是耍个花招，教你们看清人生而已。

问得好，孩子们。

我们都知道，人生没有意义。

不必害怕。是的，一个看不见的陌生人刚刚告诉你，人生毫无意义，但是，就像这个故事一样，人生不需要意义。我的意思是，如果你愿意，可以随便给它加点儿意义。来吧，挑一个，无论你想要什么都行：数一数世界上有多少块石头，以更快的速度学会唱歌，尽可能做个友善的人，种出五百个南瓜然后全部堆起来……人生并没有要求你赋予它意义。

　　孩子们……我正在尽我最大的努力向你们解释人生的意义。老实说，你们总是盯着青蛙不放，这有点闹心。你们认识那只青蛙吗？必须知道它没事，你们才会没事吗？

　　如果我不知道发生了什么，又该怎么办？

　　那只青蛙不是真的，好吗？是我编出来的。
　　没有什么青蛙，没有什么意义，没有人知道会发生什么。我很遗憾地通知你们，假如只去读那些能顺利找到答案的大团圆故事，你们很快就会感到恐惧、困惑，甚至彻底失控，所以，最好还是接受"一切都是徒劳"这个事实，越早越好，省省力气，别再挣扎了。

抱歉。

真的很抱歉。

孩子们，我又来了。从前，有一只丑陋的青蛙。

这个世界并不公平，所以它长大后并没有变漂亮，也没成功——只是保持原样。

在一个雾蒙蒙的平安夜，青蛙发现一切都没有意义，然后它就去玩雪橇了，因为——为什么不呢？

15. 抛出寻回

　　我十岁的时候，已经把几乎所有社交游戏都改成了单人模式或者人狗模式，只是这条狗讨厌玩游戏。

　　于是，"虾虾捉迷藏"游戏应运而生。

　　知道了篮球会往低处滚的自然原理后，我还发明了一种简略版的捉人游戏。

　　就在几年前，我无意间找到了我为自己研发的"抛出寻回"游戏制定的官方规则。我不知道写下这些规则有多大必要，但当时的我确实这么干了——万一哪天我只记得最喜欢的游戏是"抛出寻回"，却忘了具体该怎么玩呢？

请看官方游戏规则：

也许你以为今天想找的是土豆，但是你错了！弹珠才是你真正想找的东西。当然，弹珠或许只是官方提供的友好建议。万一你想不出来要找什么东西也没关系……让我给你一个入门建议吧！

一定要向四面八方！只有这样，才能在开始找弹珠时成功地陷入"毫无头绪"的泥潭。

这个感叹号真是令人心碎。准备好了吗，小家伙？准备好找你的弹珠了吗？真的、真的准备好了？好的……去吧！！

这个游戏没有得分规则，没有任何策略。我不需要。我只是喜欢找东西，但不知道有谁会愿意帮我把它们藏起来。

16. 我妹妹

和我妹妹成为朋友本该是件理所当然的事。

那时的我们都是孩子。我们距离其他年龄相仿的孩子至少都有30公里远。我们甚至还有不少可以相互关联的地方，大概吧。

然而不知从什么时候开始，我们之间变成了敌对关系。也许发生过一场你死我活的饥荒什么的，谁知道呢。反正就成了这个样子。

我到现在还记得，当时有多嫉妒她和朋友的友谊。她们玩得那么开心，还发明了一种叫"弹珠什么什么"的游戏——你需要唱一首神经兮兮的歌，然后朝吊扇扔弹珠。没错，就是弹珠，她也喜欢弹珠。当我在二十年后写下这些时，才意识到我俩的兴趣爱好曾是多么该死地相配。

　　在我面前，她从来没表现得那么有趣过。她喜欢和我玩的都是些像"螃蟹篮球"一样傻不拉叽的游戏。

　　我讨厌螃蟹篮球。我只想打普通篮球。而面对更加年长和强壮的我，妹妹唯一的取胜策略就是像螃蟹那样抱住篮球，拒绝配合比赛。

　　即便如此，我们也还是比各自意识到的更为相似。比如，螃蟹篮球像极了我的人生策略。

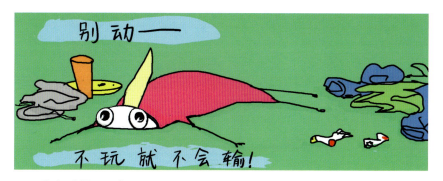

我当时并不理解。

唯一了解我妹妹的人是她的朋友贝基。

这两个人的关系扑朔迷离。当时她们才十二岁，可能只是不知道人和人该如何交流，也可能那是某种更加高级的互动方式，只有修炼到1000级的选手才能掌握。无论如何，我只知道有一天，我放学回家，发现我家车道上停着一张电脑椅，椅子上用胶带绑着一个人——贝基。

她的脑袋被一条毯子裹着，胳膊和腿上布满了用笔画上去的潦草涂鸦。到处都是。从凌乱的笔迹来看，她曾经狠狠挣扎过。

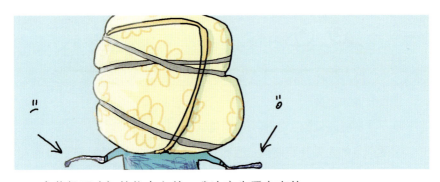

在获得更确切的信息之前，我决定先置身事外。

然而，当我试图进门时，发现所有的门都被锁上了。

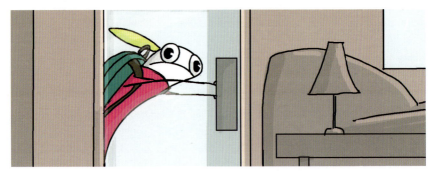

据我妹妹后来透露，这是一项安保措施，她是害怕被捆在椅子上的贝基从门口的台阶底下跳上来，回到室内。但我无从考证。

我敲了敲门。妹妹从厨房里冲出来，手里抓着一个沙拉碗，满满一碗都是水和蛋黄的混合物。

　　她大喊："不用帮她，她喜欢那样！"然后推开我，冲了出去，碗里的鸡蛋液洒了一路。

　　门外传来贝基的声音，很像尖叫。

　　无论我妹妹打算干什么，贝基似乎都不希望她得逞。听到我妹妹走近，她企图逃跑。

场面剑拔弩张。

我妹妹……

那个曾经是可爱小宝宝的妹妹……

那个乐于助人的妹妹……

那个害怕伤到小草而不愿走草坪的妹妹……

——那个人，

抓住她朋友贝基的双臂，粗暴地把它们摁进了那碗蛋液里。

她一边这么做，一边凑到贝基的耳边大喊：

感受它们！

好好感受它们，贝基！！

你喜欢吗？！

这就是我触及不到的领域了。

我不理解。

也不需要去理解。

最好假设这一切都是事出有因的，并让她们的恐怖活动自生自灭。

事后，她们似乎都不承认之前的所作所为。等我再回去看时，发现她俩在做地理作业，就像什么都没发生一样。

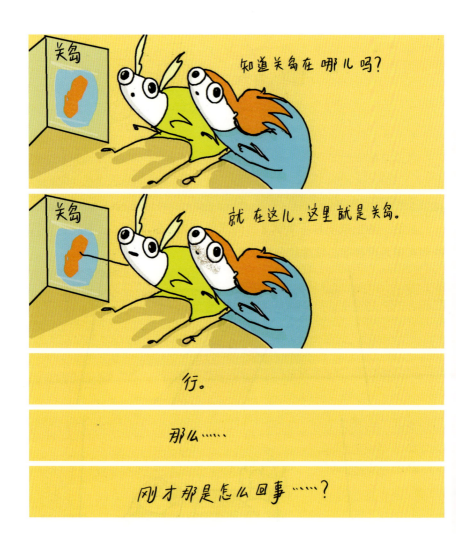

　　维系她们关系的，30%是地理作业，另外70%是我见过的最莫名其妙的屁事。

　　再举个例子。蛋液事件发生一两周后，我从学校回到家，发现储藏室的门把手被电话线缠住了。妹妹在里面大叫救命。

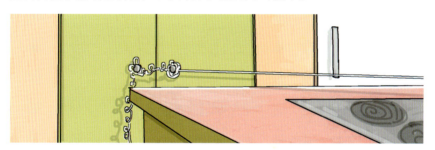

　　我走近储藏室，看到了贝基。

　　看到她，我的第一反应：噢，太好了，贝基一定是在帮助我妹妹……

　　然而，仔细观察后，我发现贝基的行为并不像是帮忙。

　　她手里拿着一瓶黄瓜味的香体喷雾，这原本无可厚非，可她把喷嘴对准了储藏室门底下的缝隙，恶狠狠地摁了下去。

妹妹在储藏室里大喊："我投降！我投降！我投降！"

贝基冷酷地说"不"，然后继续往门缝里狂喷。

这个"不"，是"不，我不允许你投降"的"不"吗？

可这又有什么意义呢？你对我妹妹这么做，想达到什么目的？难不成你在训练她？

后来，我问妹妹，贝基是怎么把她引到储藏室的。

我问："什么样的标志牌？上面写着'请进储藏室'？'不去储藏室就去死'？"都不对。标志牌上只有两个字："你猜？"

趁我看牌子的时候，她把我关了进去。

也许这是一场权力的游戏，为了树立主导权什么的。

如果真的是因为这个，那她俩算是癫得有来有回。

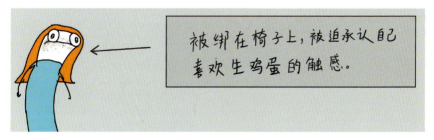

不过，有那么一阵子，我认为妹妹可能领先了一点点。

有天早晨，我睁开眼睛，看到的第一个人是贝基，她的胳膊和腿都被毛线牢牢地拴在床架上。

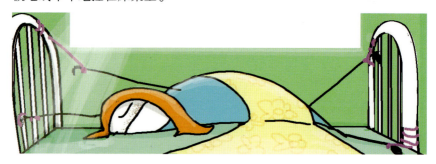

她还在睡觉，但很快就会醒——因为我妹妹正像石像鬼那样蹲踞在贝基头顶，俯视着她，手里拿着一根湿漉漉的绳子和一个铃铛。铃铛距离贝基的脸只有五厘米，叮叮当当一阵乱晃，妹妹边晃边念叨："贝基，贝基……"

贝基睁开了眼睛。

她没有马上意识到发生了什么，我猜这是因为需要处理的信息太多了。

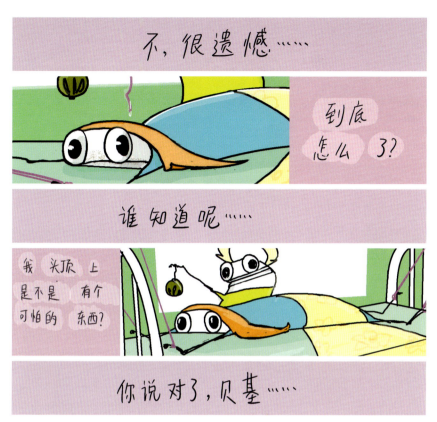

这时候，贝基的恐惧本能被激发了，她想要爬起来，这才发现自己被绑在了床上。

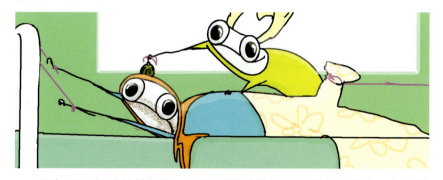

那根绳子闯进她的视野。我还是没看懂绳子是干什么用的，但贝基似乎知道。看到它的那一刻，她的眼中充满了恐惧。

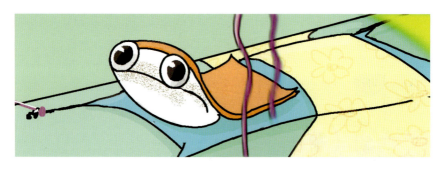

　　然而妹妹迟迟没有发起进攻。不管她这次打算对贝基做什么，她知道恐惧需要逐渐累积，这样才能把贝基整得更惨。

　　我始终没看出绳子上到底有什么，只看到妹妹花了整整一个早上，拎着这根绳子，让它以大约30米的时速向贝基的脸部缓缓移动。

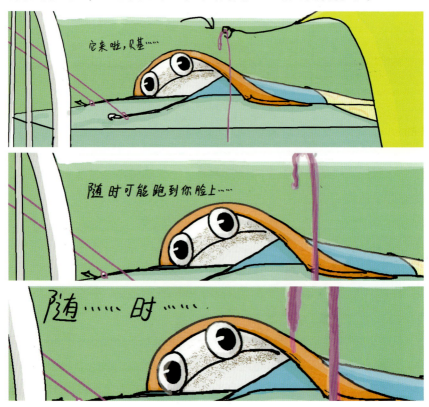

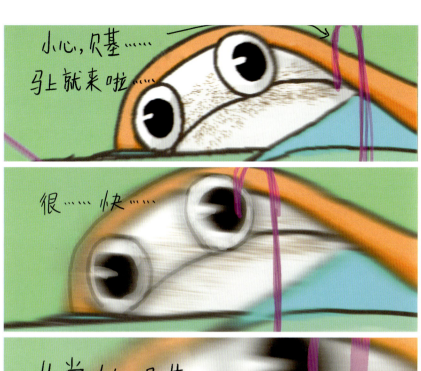

脸和绳子终于接触的那一刻，贝基甚至大松了一口气。

这是一段匪夷所思的关系，但我承认，有时我也想在其中拥有一席之地。我的意思是……加入她们。

　　她们的关系里存在着一些非常特别的东西。

　　虽然不知道那是什么，但我能感觉到它。

　　直到今天，它依然能给我带来启发。

　　一段友谊要多么疯狂，才能在经历这么多奇葩的事情后依然维系着。

　　想象一下，你也有这样的朋友。

　　那就像是——嘿，姐妹，今天是不是过得不怎么样？所以哪怕你想把我困在睡袋里，拿香蕉皮的内侧擦我的脸，直到我承认自己叫跳舞小马，我也可以理解。我当然明白……谁还没有这样的时候呢？说不定下一次，我也可能对你这样做。没什么大不了。因为你是我最好的朋友。

你可能会想：

为什么？为什么做这种蠢事儿还能成为别人最好的朋友？

这恰恰说明她俩非常亲近，笨蛋。

假如有人非常清楚你有多奇怪，并且你也能理解对方有多怪，你们就能精准拿捏彼此，成为相爱相杀的好朋友。

友谊的形状

17. 交友魔咒

1996 年 7 月 23 日，我写下了一条交友魔咒。

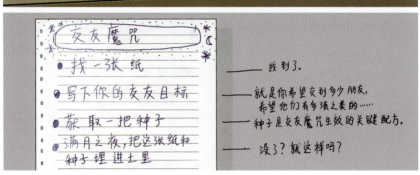

快进到19年后。

2015年7月。

我30岁，独自住在一套40平方米的公寓里。

天气很热，门开始因为高温而膨胀。

几天后，我被彻底困在了屋子里。

我不知道问题是从哪天开始出现的，但是当我想去楼下的酒类小卖部再买一些花生时，我发现事情大条了。

家里的麦片只够吃一两天，如果星期一之前还是没法把门打开，我就只能不停地踹墙，直到隔壁邻居发飙，跑过来质问我到底在发什么神经。这样，他们隔着门就能听见我在说什么，我就有机会得救了。

瞧，我是破坏之神！

孤独的破坏之神。

18. 朋友

在我变身为一台加速模式的武器化旋耕机、粉碎自己的人生之前，我跟别的生物一起生活。

起初，我想要至少保留一只狗的监护权，以免看上去很无能，然而这是个糟糕的理由。狗主要是邓肯在照顾，我的角色更像是整天闷在楼上的卧室里、什么家务活都不干的爹，只在节假日或者有人过生日的时候才下楼，以免错过说教别人的机会。

还记得吧？我是你们的爹。

也就是说，你们有机会变得像我一样伟大。

但是，听说你们在公园里表现得像熊一样没素质，你们不知道我有多吃惊......

我是这么教你们的？

如果家里有一个既风趣又有耐心维系家庭和谐的人，那么这样的性格也许还能被接受，但没人希望自己唯一的朋友是这样的说教狂。

所以，十年来第一次，我成了孤家寡人。

我以为一个人生活就是我想要的，然而当最初的轻松消退，意识到周围并没有活物与我互动时，我觉得有点不舒服，更让我想不明白的是，我甚至开始怀念从前。

我想这就是孤独的感觉。

为此我很生气——我到底是什么？需要爱与陪伴的无知动物吗？

事实证明——是的，我就是这样的动物。以前我从没意识到这一点，是因为周围有足够的爱与陪伴，让我误以为自己没有这方面的需求。

第一次体验真正的孤独，就好比定居月球之后才意识到你唯一爱过的星球只有地球。

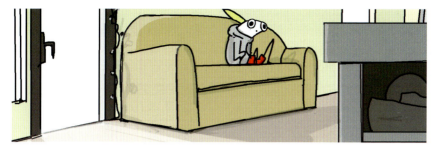

　　《蜘蛛纸牌》无法代替我的旧日伙伴。我非常难过。除非能有其他生物过来照顾一下我的情感需求，否则我很可能永远这样郁闷下去。

　　尽管如此，我还是不想寻求帮助……我觉得自己不配，也没准备好承认"我也有情感需求"这项弱点。

　　在这种情况下，最实际的解决方案似乎真的只剩下"跟自己交朋友"这条路。

　　我不太喜欢这个方案。一个人到底要可悲到什么程度，才会打算跟自己做朋友？再说那样行得通吗？问自己一些私人问题，然后假装不知道答案？理解自己，支持自己，让你觉得自己是特别的？那都是哄小孩的玩意儿……

可总得找个人做朋友吧。那个人如果是我自己，显然会很容易。

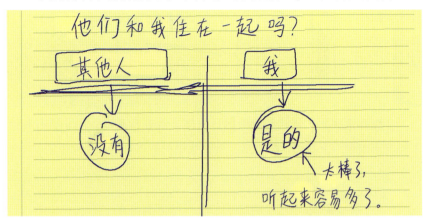

这有什么难的，我心想。只需要装模作样地迎合自己的喜好，做点有趣的事，然后——我就成了自己最好的朋友。

写这本书的时候，这件事已经过去了五年。

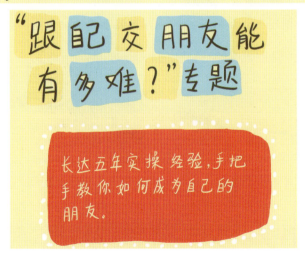

第一步：搭讪

跟自己交朋友应该不是什么难事，理论上是这样。

但是，一旦你开始付诸行动，就会遇到各种始料未及的问题。比如怎样开始？或者这个朋友表现得十分消极，该怎么办？

如果你被自己给拒绝了，请尽量保持冷静。

记住：你正在努力成为自己的朋友，而朋友不会像受挫的毒蜥那样气急败坏。

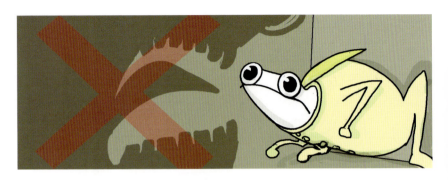

　　万一你搞砸了，想出一大堆你永远不会对一个真正的人说的话——例如"我恨你，你这副臭脸，这张臭嘴，哭哭啼啼的面包渣！""为什么你看起来像个垃圾桶？"——千万不要气馁。

　　没错，这些话非常残忍，完全是人身攻击，但它们没有任何意义，无法造成大规模的伤害。

　　不妨退后一步，提醒自己，没有人是垃圾桶，然后继续努力。

第二步：无视拒绝，继续尝试

325

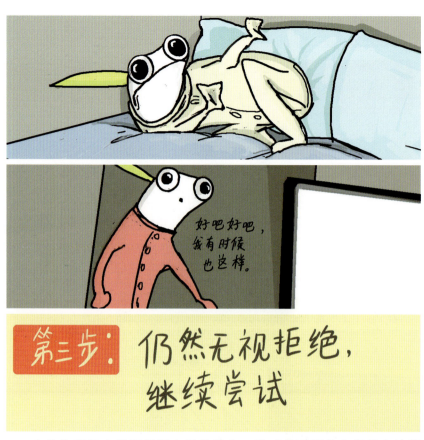

第三步：仍然无视拒绝，继续尝试

也许你看起来并不想跟自己做朋友，抑或是不相信你们的友谊能长久。

这可以理解。假如你跟别人的互动充斥着严厉的指责，甚至硝烟弥漫，而你本人就是对方遇到的大部分坏事的罪魁祸首，那确实需要一点时间，才能让他们不被你的存在吓到。

老实说，跟自己做朋友，有时候就像试图和野生蜥蜴交朋友一样艰难。但是，请保持耐心。假如你已经孤独到能跟这样的人交朋友，那么对方大概也非常孤独，只能和你建立友谊。

直到有一天，你所带来的陪伴作用再也无法被对方忽视。

小贴士:
为了减少不必要的竞争,请把有吸引力的物品(例如毯子和杯子)从你朋友身边拿走。

第四步: 迎合你的爱好

一旦你坚定地认为和自己做朋友是对抗孤独的唯一选择,那么不妨多花些时间了解一下,你有什么爱好。

不,不一定是上得了台面的爱好。但假如我们希望赢得朋友的喜爱,就必须学会以他们喜欢的方式来互动。

有时候这些爱好难以捉摸,主要因为对方是个特别无聊的小怪胎,只喜欢无聊的小怪胎喜欢的东西。不过,就算这些兴趣点再微妙,再不好把握,每个人都还是有点儿喜好的。

主要爱好(是个人就能看出来的):

• 去一些地方(爬山、走路、上树等)
• 看一些东西(拒绝互动,只是看看)
• 看船和飞机什么的冷人兴奋)
• 毯子
• 拼图
• 气球(但不知道该拿它们怎么办)

好了……接下来怎么办?
怎样才能围绕这些兴趣建立友情?

第四步(补充)：如有必要，狂刷存在感，强行套近乎

　　举个例子，如果这个无聊的小怪胎朋友就是不想要别人陪着，那么创造一段共同的经历或许能帮上忙。无论对方多么讨厌和你相处，你都可以依靠物理意义上的接近，获得一条粗制滥造的情感纽带：一起去某个地方，看同样的风景，然后待在那里……假以时日，你们就能建立一种非常类似友谊的关系。

下雨了。

331

第五步： 养成支持的态度

交朋友的过程中，我们可能常常会注意到，我们的朋友距离完美还差得很远。

我们甚至会发现，它喜欢的一切都很愚蠢，做什么都像个小丑，弱小如同虾米。即便想要表现得自然一点儿，看起来还是相当别扭。

我们必须学会接受这些。

是的，我们的朋友姿势怪异，还很扎眼，可它就喜欢那样站着，生来如此。你也许会对此感到不安，这无可厚非，但同理心对它来说更有帮助。

想象一下，假如你也是那样的人……是不是很难做到喜欢自己？你会认为生活在这个世界是自在的吗？

我们的朋友需要的是鼓励。

问：如果别人不觉得我们的朋友应该出现在沙滩上，怎么办？

答：别人是我们的朋友吗？

不——我们的朋友才是我们的朋友。

此时此刻，它在海滩上玩得很开心，我们应该让它继续开心下去。

问：可如果我们的朋友想去博物馆呢？

答：没关系。我们的朋友只是想了解更多关于篮子的知识。虽然它看上去挺不稳定的，但这么做不会伤害任何人。

问：如果我们的朋友在自动扶梯上怎么办？

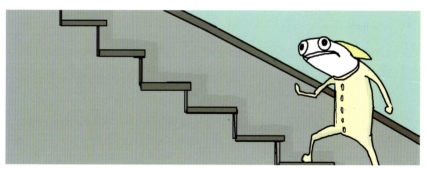

答：看样子我们的朋友可能会遇到危险，应该好好保护它。

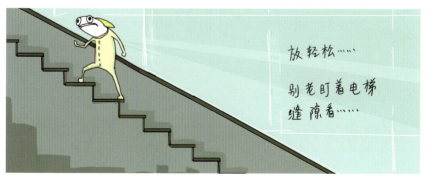

第六步： 保持支持的态度

我们已经默默支持了我们的朋友很长时间。至少有四年了。

我们的朋友可能会因此感到十分安心，甚至开始表现出回应友情的迹象。

在这个阶段，我们的朋友可能有如下表现：

——说点什么。

——给我们看一些东西。

——寻求我们的肯定。

——试图让我们为一些毫无意义的破事儿内耗，这些事任谁都想不出个所以然。

——发展出新的爱好，比如用倍速跳舞。

记住：这是好事。我们的朋友之所以这样做，是因为想和我们互动。诚然，互动毫无意义，但一切事物何尝不是如此呢？

不知道……

那你想成为什么动物？

尽可能地参与互动。

你说得对……

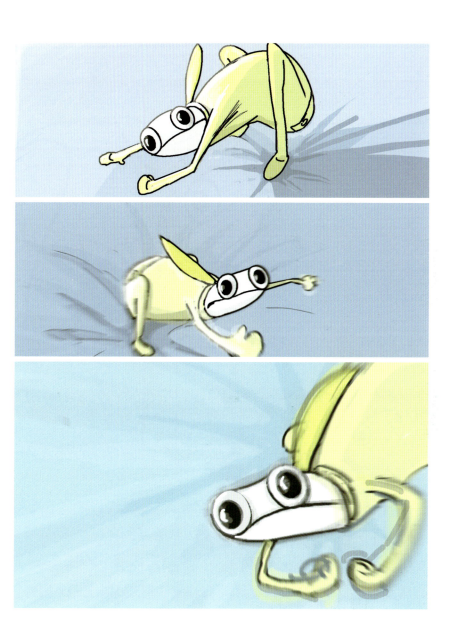

你想知道重力是不是就是这样运动的：最后被压缩到一起了？

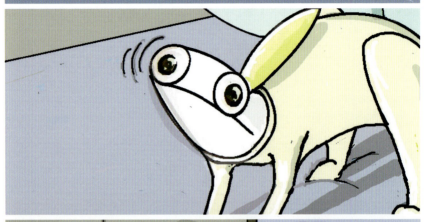

嗯……

谁知道呢……

也许会吧。

今日座右铭：
"我感到孤独，是因为没人和我一样聪明。"

葡萄是真爱 →

第七步：继续保持支持的态度

问：继续保持？我们还要继续关心这个倒霉玩意儿的感受、回应它的问题、在乎它的想法吗？

答：是的。

问：为什么？

答：因为它需要。

问：为什么？

答：因为它是人。人需要有人关心自己。

问：它是人？

答：是的。每个人都是人。

永远保持支持的态度

在某种程度上，我们还是希望在我们的朋友身上寻觅到一些意义深刻的隐藏品质，以便更轻松地关心它喜欢什么、在做什么和在想什么。

是时候死了这条心了。

我们的朋友并不具备任何有意义或者重要的品质，并且可能永远都不会有。

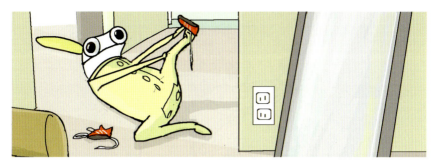

甚至它喜欢的东西越来越没有意义。

但它至少有喜欢的东西。

↖ 准备"跑上几圈，跨过几根木棍什么的"。

所以，让我们放下自尊心，走出去，尽可能参与其中。

347

因为没有人理应觉得，只有自己是个无聊的小怪胎。

尤其当他们确实是无聊的小怪胎时。

致谢

虽然不知道怎么说，但我愿意尝试一下。

本人在此感谢以下诸位：

劳伦和莫妮卡。记不清这段时间我们到底打过多少通电话，反正比我和其他任何人交谈的时间都要多。隔离期间，我们仅靠口头交流把整本书编辑了一遍，这很疯狂，但我们做到了。有时候事情会往奇怪的方向发展。有时我们三个中有一两个会哭，或者大家一起哭（不一定和这本书有关）。有时（很多时候）我们会跑题、聊哲学、聊育儿、聊喜剧之类的，45分钟后才回到正题。我喜欢这样。谢谢你们成为我的朋友。

凯文。谢谢你和我一起渡过难关，跟我谈心，在我陷入困境时帮助我、鞭策我，在我几乎算是彻底隐居的这些年里陪伴我。有好多次，幸亏有你，我才没变得人不人鬼不鬼。我喜欢你。你很聪明，有出不完的好主意。你还是个很酷的家伙。

妈妈、爸爸、劳里和大卫。我们是一个强大的小家庭。我爱你们，谢谢你们允许我取笑你们。尤其是你，妈妈，你是一位很有耐心的了不起的女士，我非常爱你。

帮助我一路走来的每一个人，包括但不限于：艾莉西亚·布洛克、雷伊·楚科夫、麦克·关、卡洛琳·帕洛塔、杰米·普托蒂、"dix!"数码团队、丽莎·利特瓦克、艾丽萨·瑞福林、丽贝卡·斯罗特贝尔（天哪，丽贝卡……）、珍·博格斯特罗姆、乔恩·卡尔普、苏珊·莫尔多、艾米·贝尔、萨利·马文、珍·隆、梅瑞迪丝·维拉罗、杰西卡·罗斯、安妮·亚克尼特，还有卡罗琳·雷迪，我们所有人都会想念她。

彼得·克莱曼，他给我的帮助可能比他以为的还要多。假如我最终成为一个正派的人，那么他功不可没。

克莱尔·约翰逊。她收到一个本该寄给我的包裹（其中包含本书尚未修订的完整手稿），在不认识我也不知道包裹里有什么的情况下，她不厌其烦地联系到发件人，询问如何才能将包裹交给正确的收件人。你是个好人，克莱尔·约翰逊，虽然当时我只跟你简单聊了两句，因为那是我几个月来第一次走出家门，感觉很不适应，身上臭烘烘的，只想赶紧跑回家躲起来，但我想让你知道，我钦佩和感激你所做的一切，知道世界上有你这样的人——不为私利，只是默默地做好事——让我感到安慰。

我还要感谢太阳，它让每个人都感到温暖，为我们的身体提供维生素D。

作者其人

艾莉·布罗什，俄勒冈州本德市人，卧室隐居者。近年来，几乎沦为彻头彻尾的夜行动物。个人爱好：毫无根据的猜测，暗中观察，和自己打赌以达到自我安抚的目的（当然，没有赌注），以及《万智牌》《炉石传说》这种真正的游戏。此外，她还喜欢学习数学和物理（有助于让她的猜测不那么毫无根据），并且偶尔会在安全距离内四处走动，展开观察。她很友好，但也容易受惊吓。

布罗什是《纽约时报》榜首畅销书暨 Goodreads 年度最佳图书《我永远也当不了大人》的作者，该书也被美国国家公共电台和《华尔街日报》《芝加哥论坛报》《图书馆期刊》等评为年度最佳书籍之一。

布罗什还给自己颁过很多奖，包括"画马画得最帅气"奖和"最有成功相"奖。

我以为这辈子完蛋了

作者 _ 艾莉·布罗什　　译者 _ 孙璐

编辑 _ 杨珊珊　　装帧设计 _ 拾野文化

主管 _ 周颖　　技术编辑 _ 白咏明　　执行印制 _ 刘世乐　　出品人 _ 吴涛

果麦
www.goldmye.com

以 微 小 的 力 量 推 动 文 明

图书在版编目（CIP）数据

我以为这辈子完蛋了 /（美）艾莉·布罗什著；孙
璐译. -- 广州：花城出版社，2025. 3（2025.8重印）. -- ISBN 978-7-
5749-0410-1

Ⅰ. Ⅰ712.65

中国国家版本馆CIP数据核字第2025WB2697号

如有侵权，版权小怪兽
一口吃掉他。

我以为这辈子完蛋了
WO YIWEI ZHE BEIZI WANDAN LE
［美］艾莉·布罗什 / 著　　孙璐 / 译

出 版 人	张　懿
责任编辑	陈　川
责任校对	卢凯婷
技术编辑	凌春梅
特约编辑	杨珊珊
装帧设计	拾野文化
出　　版	花城出版社
发　　行	果麦文化传媒股份有限公司
经　　销	全国新华书店
印　　刷	天津市豪迈印务有限公司
开　　本	889 毫米 ×1194 毫米　32 开
印　　张	11.25
字　　数	160,000 字
版　　次	2025 年 3 月第 1 版　2025 年 8 月第 3 次印刷
定　　价	78.00 元

如发现印装质量问题，请直接与印刷厂联系调换。
购书热线：020-37604658　37602954
花城出版社网站：http://www.fcph.com.cn